Le Petit Prince

星の王子さま

サン=テグジュペリ

倉橋由美子［訳］

文春文庫

Le Petit Prince

Antoine de Saint-Exupéry

レオン・ウェルトに

子供たちには悪いけれども、この本はある大人に捧《ささ》げたいと思う。それにはちゃんとした理由《りゆう》がある。その大人というのは、私にとってかけがえのない親友なのだ。ほかにも理由はある。この人は、子供のための本でも何でもわかってくれる人だ。三つ目の理由。その人は今フランスに住んでいて、飢《う》えと寒さの中で慰《なぐさ》めを必要としている。それでも足りなければ、この人がかつて子供だった、その子供にこの本を捧げたい。大人もみな最初《さいしょ》は子供だった（だがこのことを覚えている人は少ない）。というわけで、私はこの献辞《けんじ》をこう書きなおしたい。

小さな子供だったころの
レオン・ウェルトに

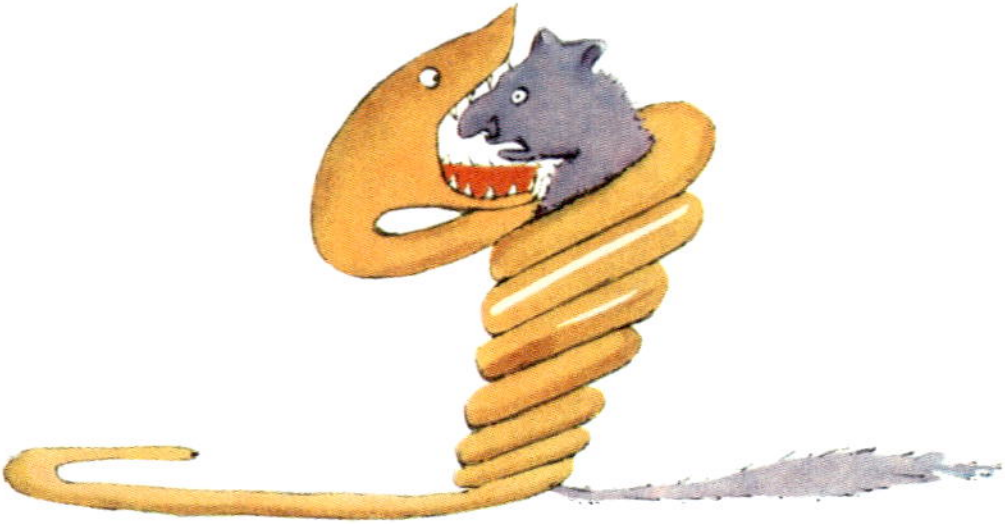

1

六歳のとき、ジャングルのことを書いた『ほんとうにあった話』という本の中で、すごい絵を見たことがある。それは一匹の獣《けもの》を呑《の》みこもうとしている大蛇《だいじゃ》の絵だった。ここにその写しがある。

その本には、「大蛇は獲物《えもの》を嚙《か》まずに丸呑みにし、その後は動けなくなって、半年の間眠っている。その間に呑みこんだ獲物が消化される」と書いてあった。

それを読んで、私はジャングルの中ではいったいどんなことが起こるのだろうとあれこれ考えて

みた。そのあげく、色鉛筆ではじめての絵をとにもかくにも描き上げた。私の絵の第一号はこんなものだ。

私は得意になってその傑作《けっさく》を大人に見せ、「これ、怖《こわ》くない？」と訊《き》いた。

すると、大人たちは「帽子《ぼうし》がなんで怖いんだ？」といった。

私が描いたのは帽子ではない。象を消化している大蛇の絵だった。大人に帽子の絵だといわれて、それなら今度はわかってもらえるだろうと、大蛇の中身を描いてみた。大人というものはよく説明してやらないと理解《りかい》しないものだ。私の第二号の絵は次のようなものだった。

すると、大人たちは、外側であろうと内側であ

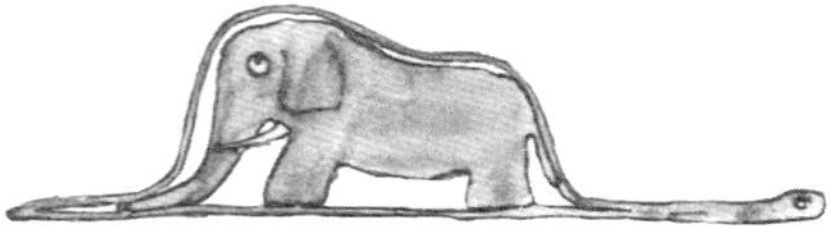

ろうと、大蛇の絵なんか描くのはやめて、地理と歴史《れきし》と算数と文法を勉強しなさいといった。そんなわけで、私は六歳のときに絵描きになることを諦《あきら》めた。第一号の絵も第二号の絵も、うまく描けなかったのでがっかりしてしまった。大人ときたら、自分だけでは何もわからない。何度となく繰《く》り返し説明してやらなければならないのだから、子供はくたびれてしまう。

そこで私は絵描き以外の職業を選ぶことにして、飛行機《ひこうき》の操縦《そうじゅう》を覚えた。そして世界中を飛びまわった。なるほど、地理は大変役に立った。私は一目で中国とアリゾナの区別がついた。とくに、夜、自分の飛んでいるところがわからなくなったときにはとても助かった。

これまでの人生で多くのえらい人に出会った。大人たちとも多くの時間を過ごした。大人たちの様子も身近《みぢか》に見た……それでも私の考えはあまり変わらなかった。私から見てものわかりのよさそうな人に出会うと、私はためしに手もとにある第一号の絵を見せてみる。本当に物事がわかる人かどうか見きわめたかったからだ。ところが答はいつも、「これは帽子だ」だった。そこで私は大蛇の話もジャングルの話も星の話もやめにした。その人のレベルに合わせてブリッジやゴルフや政治やネクタイの話をした。すると大人たちは、「こいつは話のわかるやつだ」といって喜ぶのだった。

2

そんなわけで、私は六年前、飛行機がサハラ砂漠《さばく》に不時着《ふじちゃく》するまで、心を開いて話ができる人にめぐり逢《あ》えず、まったくひとりぼっちで暮らしていた。飛行機のエンジンが故障《こしょう》し、整備士《せいびし》も乗客もそばにいないので、むずかしい修理の仕事を一人でやらなければならなかった。私にとっては生死にかかわる問題だった。飲料水は八日間分しかなかった。

最初の夜は、人の住んでいる地域からほとんど千マイルも離《はな》れた砂地で眠った。難破《なんぱ》したあげく流木に乗って大洋の真ん中を漂流《ひょうりゅう》している人よりももっと孤独だった。そこで、夜明けにおかしな小さな声で目が覚めたときの私の驚きも想像してもらえるだろう。

「ねえ、お願い……羊《ひつじ》の絵を描いて」

「え？」

「羊の絵を描いて……」

私は雷《かみなり》にでも打たれたように飛び起きた。何度も目をこすって、あたりを見まわした。すると、奇妙な小さな人物がとても真剣《しんけん》にこちらを見つめているのだった。これはあとになって描いた中で一番うまく描けたその小さな人物の肖像《しょうぞう》だ。もちろん、実物のほうがいいに決まっているが、でもそれは私が悪いのではない。大人たちのせいで、六歳のとき、絵描きで身を立てることを諦めたために、大蛇の内側と外側を描く以外にまったく絵というものを描いたことがなかったのだから。

そこで私は驚きのあまり目を見開いて、目の前に現れた人物を見つめた。しつこいようだが、そこは人の住んでいる地域から千マイルも離れたところだった。

それなのに、その小さな人物は、道に迷ったわけでもないし、疲《つか》れて死にそうになっているわけでもない。腹が減っているのでもなければ喉《のど》が渇《かわ》いているのでもなく、死ぬほど恐がっている様子でもない。どう見ても、人が住んでいるところから千マイルも離れた砂漠の真ん中で、道に迷って困っているようには見えない。やっと口がきけるようになって、こう尋《たず》ねた。

「それにしても……きみはここで何をしてるんだ？」

するとその子はひどくゆっくりと、とても真剣に繰り返した。

「ねえ……羊の絵を描いてよ」

あまりにも不思議《ふしぎ》なことに出会うと、いやだとはいえなくなるものだ。人が住んでいるところから千マイルも離れていて、おまけにいつ死ぬかもしれない状況で、羊の絵を描くなんてまったくばかげている。ポケットから紙切れと万年筆を取り出したが、そのとき私は地理と歴史と算数と文法だけしか勉強しなかったことを思い出した。そこでその子に（少しむっとしながら）描き方がわからないといった。するとその子は答えた。

「そんなことかまわないよ。羊の絵を描いて」

これまで羊の絵など描いたことがなかったので、私に描ける例の二つの絵

の一つを描いてみた。大蛇の外側の絵だ。するとその子がこういうので仰天《ぎょうてん》した。

「ダメダメ、絞《し》め殺し屋の大蛇に呑まれた象なんかほしくない。こういう蛇《へび》は危険だよ。それに象は場所ばかりとる。ぼくの住んでいるところは狭《せま》いんだ。羊がほしいんだよ。ねえ、羊の絵を描いて」

　そこで私は羊の絵を描いた。

　男の子はそれをじっと見ていたが、しばらくして、

「ダメ！　これじゃ病気で死にそうだ。描きなおして」

　私は描きなおした。

　男の子はやさしい、甘い笑顔を見せた。

「自分でもわかってるんじゃない？　これはぼくのほしい羊じゃない。雄《おす》の羊でしょ。だって角《つの》が生《は》え

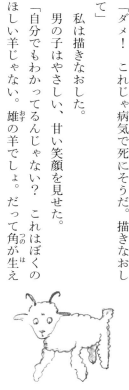

てるもの」

　そこで私は三度目を描いた。それも相変わらず気に入ってもらえなかった。

「この羊は年をとりすぎてるよ。ぼくは長生きする羊がほしいんだ」

　私はいらいらしていた。エンジンの修理の仕事に早く取りかかりたかったので、殴《なぐ》り描きしてから、こういった。

「これは箱《はこ》だ。きみのほしい羊はこの中にいる」

　ところが、見るとこの幼《おさな》い批評家《ひひょうか》の顔がぱっと明るくなったのでびっくりした。

「こんなのがほしかったんだ。この羊、たくさん草を食べるの？」

「なんで？」

「だって、ぼくの住んでるところは何もかもすごく小さいんだ……」

「大丈夫だ。うんと小さい羊を描いたから」

男の子は絵をのぞきこみながらいった。

「そんなに小さくないよ……ほら、眠《ねむ》っちゃったよ、この羊……」

私が王子さまと知り合ったのはこんなふうにしてだった。

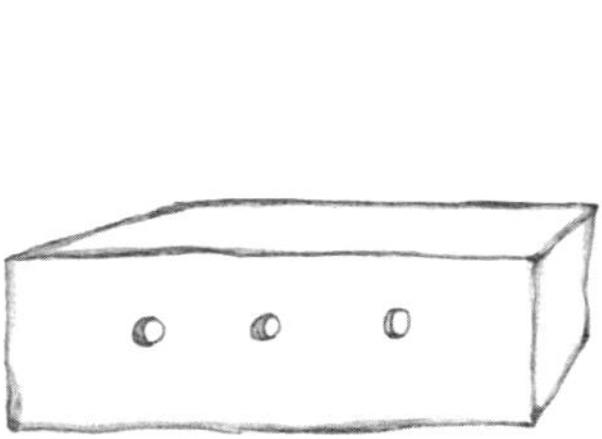

3

王子さまがどこから来たかがわかるまでには時間がかかった。王子さまはあれこれと質問するくせに、こちらの質問はいっこうに耳に入らないらしい。何の脈絡《みゃくらく》もなくしゃべることを聞いているうちに事情《じじょう》がわかってくる、という具合だった。たとえば、王子さまは私の飛行機を見たとき（飛行機の絵なんか描く気がしない。複雑《ふくざつ》すぎてどうやっても描けない）尋ねた。

「あそこにあるモノはなあに？」

「あれはただのモノじゃない。空を飛ぶものだ。飛行機という。私の飛行機だよ」

私は自分が空を飛べるのが得意《とくい》だった。すると王子さまは大声をあげた。

「なんだって！　天からやってきたんだって？」

「そうだ」と私は神妙《しんみょう》に答えた。

「変だな！　そりゃ……」

王子さまはそういうと、頭にくるほど楽しそうに、大声で笑った。私の災難《さいなん》をもっとまじめに考えてほしいものだ。王子さまはやがてこうもいった。

「じゃあ、きみも天からやってきたんだね。どの星から来たの？」

王子さまの不思議な出現《しゅつげん》について最初の手がかりを得《え》たのはこのときだった。私はすかさず訊《き》き返した。

「きみはほかの星から来たのか？」

しかし王子さまは返事をしなかった。私の飛行機を見ながらちょっと首を振《ふ》っていた。

「なるほど、あれに乗ってたんじゃ、そう遠くからは来られなかったわけだ……」

そういって王子さまは長いこと夢見心地《ゆめみごこち》の様子だったが、やがてポケットから私の描いた羊の絵を取りだして、宝物を見るようにじっと見つめた。

おわかりのように、「地球以外の星」のことをいっているらしい王子さまの口ぶりに私はひどく興味《きょうみ》をそそられて、もっと詮索《せんさく》しようとした。

「坊《ぼう》や、きみはどこから来たの？　おうちはどこ？　私が描いてやった羊をどこへ連れていくつもりなの？」

じっと考えこんでから王子さまは答えた。

「よかったな。きみがくれた箱は夜になったら羊の小屋《こや》になる」

「そうだな。いい子にしてたら綱《つな》もあげよう。昼間はそれで羊をつないでおく。それから杭《くい》もだ」

これを聞いて王子さまはひどくショックを受けたようだった。

「つないでおくって？　変なことを考えるんだね」

「つないでおかないとどこかへ行ってしまうかもしれない……迷子《まいご》になる」

「いったいどこへ行けるというの？」

「どこへだって行けるさ。まっすぐ、どんどん……」

するとと王子さまはまじめな顔になって、

「どこへ行ったっていいさ。ぼくの住んでるところでは何もかも小さいから」

それから少し悲しそうな顔でつけくわえた。

「まっすぐ、どんどん行ったって、そう遠くへは行けないよ……」

4

こうして二つ目の大事なことがわかった。それは王子さまの住んでいる星がやっと家ぐらいの大きさだということだった。

そんなことで大して驚《おどろ》いたわけではない。地球《ちきゅう》とか木星とか火星とか金星といった名前の大きな星のほかにも、何百という星がある。それが時には望《ぼう》遠鏡《えんきょう》でもなかなか見えないほど小さいことを知っていたからだ。天文学者《てんもんがくしゃ》は星を一つ見つけると、名前のかわりに番号《ばんごう》をつける。たとえば小惑星《わくせい》３２５と呼ぶ。

王子さまの星は小惑星Ｂ－６１２だと思う。それにはちゃんとした理由がある。その星は一九〇九年にトルコのある天文学者が望遠鏡でたった一度だけ見た星だ。この天文学者は世界天文会議で自分の発見《はっけん》を公式に発表した。

ところが、誰も信用しなかった。それはなんとこの天文学者の風体《ふうてい》のせいだった。大人とはまあそんなものだ。

幸《さいわ》いにもＢ-６１２の星の評判《ひょうばん》は上がった。トルコの独裁《どくさい》者が、ヨーロッパ風の服を着ないと死刑にするというおふれを出し、そこで例の天文学者は、一九二〇年に、しゃれたスーツを着て発表をやりなおした。すると

今度は全員がこの天文学者の説《せつ》を受け入れた。

　私がこんなふうにＢ－６１２の星の話をして、番号にこだわるのは、実は大人のためなのだ。大人は数字が好きだ。新しくできた友人のことを話すとき、大人はほんとに大切なことは訊かない。「どんな声の人？」「一番好きな遊びは何？」「蝶《ちょう》のコレクションをする人？」などとは絶対《ぜったい》に訊かない。「その人はいくつ？」「兄弟は何人？」「体重は？」「お父さんの収入は？」などと訊く。それでどんな人かわかったつもりになる。「赤レンガでできていて、窓にゼラニウムの鉢《はち》がおいてあって、屋根には鳩《はと》がいる、きれいな家を見たよ……」といったって、大人は何も想像できない。大人には「十万フランもする家を見た」といわなくてはいけない。そしたら大人は大声をあげて、「なんて立派な家だ」というう。

そんなわけだから、「王子さまは楽しい人だったし、笑ったし、羊をほしがった。それが王子さまの存在したことの証明《しょうめい》になる。人が羊をほしがっているなら、その人が存在する証拠《しょうこ》だ」などといったりしたら、大人は肩《かた》をすぼめて、まるで子供だな、というだろう。ところが、「王子さまのふるさとの星はB－612だ」といえば大人は納得《なっとく》して、それ以上何も訊かないだろう。大人とはそんなものだ。そのことで大人を悪く思ってはいけない。子

供は大人を大いに理解してやることが必要だ。

しかし、人生がわかる人間なら数字のことなんかどうでもよかっただろう。私はもともとこの話をおとぎ話のように書きたかった。こんなふうにだ。

「昔むかし一人の王子さまがおりました。王子さまは自分よりほんの少し大きい星をわが家《や》としていました。そして友だちを一人ほしがっていました……」

こうすれば、人生がわかる人には、話がもっと本当らしく思えただろう。

実のところ、私はこの本を軽く見られたくない。王子さまとの思い出を語るのは本当に辛《つら》い。あの友だちが羊を連れてどこかへ行ってしまってからもう六年の月日が過《す》ぎた。今、ここでこうして書こうとしているのは、あの友だちのことを忘れたくないからだ。友だちのことを忘れるのは悲しいことだ。友だちは誰にでもいるとは限らない。それに私も、そのうち数字にしか興味を持たない大人と同じ人間になるかもしれない。絵の具箱と色鉛筆を買ったもう一つの理由もそういうことだった。六歳のころ、大蛇の内側と外側を一枚ずつ描いただけで、ほかに何の絵も描かなかった私が、今この年で絵を描こうとするのは大変なことだ。もちろん、私はいろんな人の肖像をできるだけ本物そっくりに描くつもりだが、うまく描けるかどうか自信がない。一枚の絵はなんとか描けても、次の一枚は全然似《に》ていないものになるかもしれない。王子さまの身長についても見当《けんとう》が外《はず》れている。ある絵では高すぎるし、別の絵では低すぎる。それから服の色についてもはっきりしない。私はできる限りあれこれやってみるしかない。結局、もっと大事な細かい点になるとまるでダメということになりそうだ。でもここでは大目に見てもらうしかない。わが友である王子さまは、何事も説明してくれなかった。どうやら私のことを自分と同じような人間だと思っていたのだろう。しかし、私はあいにく箱の中の羊を透視《とうし》することなんかできない。私も多少大人に近かったらしい。年もとっていたにちがいない。

5

日を追うごとに、王子さまの星のこと、王子さまの旅立《たびだ》ちのこと、それから旅のことなどがわかってきた。王子さまの話を聞いているうちにだんだんとわかってきたのだ。そんなふうにして、出会って三日目にはバオバブに関《かん》するドラマを聞かされた。

今度のことも羊のおかげだった。というのも王子さまがひどい不安に襲《おそ》われて、突然こう訊いたのだ。

「羊が小さい木を食べるって、ほんと?」

「ほんとだよ」

「ああ、そう! よかった」

羊が小さい木を食べることが、なぜそんなに重大なことなのかわからなかった。でも王子さまは続けてこういった。

「それならバオバブでも食べるんだね？」

私は、バオバブは小さい木ではなくて教会ほどもある大木だから、王子さまが象の群《む》れを連れて帰ったとしてもバオバブ一本も食べきれない、と教えてあげた。

王子さまは笑った。象の群れというのがおかしかったのだ。

「象を一頭ずつ積《つ》み上げてやらなくてはね」

しかし、王子さまは分別《ふんべつ》ありげにいった。

「大きくなる前ならバオバブも小さいんだよ」

「そのとおりさ。でも、なぜ羊に小さいバオバブなんか食べさせたいんだ?」

「わかるよね、そのわけ?」

王子さまはわかりきったことについて話しているといわんばかりだった。私はさんざん頭を使って自分でそのわけを考えなければならなかった。

王子さまの星には——およそどんな星もそうだが——いい植物《しょくぶつ》と悪い植物とがあるのだ。いい植物はいい種から生《は》えるし、悪い植物は悪い種から生える。でもその種は見えない。種は、目を覚《さ》ますまで土の中の深いところで眠っている。それから背伸びをし、芽を出す。無害な茎《くき》を太陽のほうへ、初めはおそるおそる伸ばす。赤カブラやバラの茎だったら、伸びるにまかせておけばいい。しかし、もしも悪い植物だったら、見つけ次第抜き取らなければいけない。たまたま王子さまの星には恐ろしい種があった……バオバブの種だ。その星の土にはバオバブの種がはびこっていた。バオバブというものは、抜くのが遅れるともう根絶《ねだ》やしにすることができない。それは星全体にはびこってしまう。その根は星を突き破る。星が小さすぎるので、バオバブが繁《はん》茂《も》すると星は破裂《はれつ》してばらばらになる。

王子さまはずっとあとになって私にいった。

「習慣の問題さ。朝、顔を洗って着替えをすませたら、星の手入れをしなければね。バオバブの小さいのはバラの木とそっくりだから、見分けがつくようになったらすぐ抜かないといけない。退屈《たいくつ》な仕事だけど、簡単《かんたん》なことさ」

ある日王子さまは、私の国の子供たちに教訓《きょうくん》となるように、ひとつがんばって立派な絵を描いてみたら、といってくれた。

「子供たちがいつか旅をするときに役に立つかもしれないからね。仕事をあとまわしにしてもどうってこともない場合もある。だけどバオバブは、ほうっておくとえらいことになる。ぼくは怠《なま》けものが住む星を知ってるけど、この男は小さい木を三本抜かないでおいたんだ……」

私は王子さまに教えられてその悲惨《ひさん》な星の絵を描いた。お説教臭《せっきょうくさ》いことはいいたくない。でもバオバブのものすごさはほとんど知られていないし、小惑星の世界で道に迷ったりする人は大変危険な目にあう。それで私は一度だ

け禁を破《やぶ》っていっておきたい。
「諸君《しょくん》、バオバブには気をつけなさい」
私がこんなに一生懸命《いっしょうけんめい》になってバオバブの絵を描いたのも、友人たちが私と同じように長いこと忘れているバオバブの危険について、警告《けいこく》を発するためだ。この教訓は生きることだろう。
「この本には、どうしてバオバブの絵以外には立派な絵がないのですか」と訊かれるかもしれない。答は簡単だ。がんばってみたがほかの絵はうまく描けなかった。バオバブを描いたときは、ぜひとも必要だというので必死になっていたからだ。

6

ああ、小さな王子さま！　こうしてだんだんときみの悲しいささやかな人生が理解できるようになった。長いこと、きみの唯一の楽しみといえば、日の入りだった。四日目の朝、それについて詳《くわ》しいことがわかったのはきみがこういったときのことだった。

「ぼくね、日が沈《しず》むときが大好きなんだ。見に行こうよ……」

「でも待たなくてはね……」

「待つって、何を？」

「日が沈むのを」

私がこういうと、きみは最初、大変驚いたようだったが、やがて、自分で自分がおかしくなって笑った。そしてこういった。

「ぼく、まだうちにいるつもりだったんだ」

なるほど。誰でも知っているとおり、アメリカで昼の十二時のときにフランスでは日没《にちぼつ》だ。だから一分間でフランスに行ければ、日没が見られるわけだ。残念なことにフランスは遠すぎる。だけど、きみの小さな星だったら、座っている椅子を何メートルか動かすだけで、いつでも好きなときに〝たそがれ〟が見られるわけだ。

しばらくたってきみはいった。

「ぼく、いつか日没を一日に四十四回見たよ。だって、とても悲しい気分のときは日没ってすばらしい……」

「一日に四十四回も夕日を眺《なが》めた日はずいぶんと悲しかったんだね」

しかし王子さまは何も答えなかった。

7

五日目、これまた羊のおかげで王子さまの生活のもう一つの秘密《ひみつ》がわかった。ある問題を長いこと考えた結果その質問が出てきた、といった調子《ちょうし》で、王子さまは突然、何の前置《まえお》きもなしにこう訊いた。

「羊は小さい木を食べるんだったら、花も食べるんだろうね」

「手あたり次第《しだい》何でも食べる」

「トゲのある花も？」

「そう、トゲのある花も」

「それじゃあトゲは何の役に立つの？」

わからない。私はそのとき、エンジンに食いこんでいるボルトをはずすのに必死になっていた。墜落《ついらく》事故はいよいよ極限《きょくげん》状況に近づいていたし、飲料水も底をついて最悪の事態《じたい》を思わせた。

「トゲは何の役に立つの？」

王子さまは一度訊きはじめると、けっして諦めない。私は厄介《やっかい》なボルトのことでいらいらしていたので、ろくに考えもしないで答えた。

「トゲは何の役にも立たない。花は花なりに意地悪をしたくてトゲをつけているだけだ」

「そんなこと！」

ちょっと黙ってから王子さまは恨《うら》めしそうに言い返した。

「そんなこと信じられない。花は弱いんだ。無邪気《むじゃき》なんだ。何とかして自分を安心させたい。トゲは脅《おど》しになると思ってるんだよ」

私は何も答えなかった。このとき私は、このボルトが食いこんだままだったら、ハンマーで叩《たた》きこわそうと思案《しあん》していたのだ。すると王子さまはそれをさえぎった。

「それじゃ、きみは花ってものは……そう思ってるんだね」

「全然違うよ。何も考えていない。頭に浮かんだことをいってみただけだ。今は大変なことで忙しいんだ」

王子さまはあっけにとられて私の顔を見た。

「大変なことだって？」

王子さまは私がハンマーを手に持ち、機械油で指を真っ黒にしているのを見てかがみこんだが、こういうものをひどく醜《みにく》いと思っていたのだろう。

「まるで大人のような口のきき方だね」

そういわれて、私は少々恥《は》ずかしくなった。相手はさらに容赦《ようしゃ》せずに続けた。

「きみは何もかにもごっちゃにしている……ごちゃ混ぜにしてるよ」

王子さまは本気で腹を立てていた。そして金色の巻き毛《まげ》を風になびかせた。

「ぼくの知っている星に赤ら顔の男がいてね。その男は花の匂いなんかかいだこともないし、星を眺めたこともない。誰かを愛したこともないし、計算以外のことは何一つしたことがない。一日中、きみみたいに、おれは大まじめだ、大まじめだといいながら、それを自慢《じまん》している。そんなの人間じゃない。茸《きのこ》だよ」

「何だって？」

「茸だ」

今や王子さまは怒りで青くなっていた。

「花は何百万年も前からトゲをつくり、羊も何百万年も前から花を食べている。なぜ花は何の役にも立たないトゲを苦労してつけているのか、そのわけを知ることなんかどうでもいいというの？　羊と花の闘《たたか》いなんか問題じゃないというの？　太った赤ら顔の紳士《しんし》がやっていた計算より大したことじゃないっていうの？　ぼくの星にどこにもない珍《めずら》しい花が一つあって、ある朝小さな羊がそれを何も考えずにぱくっと食べてしまう。そういうことをぼくが知ったとする。それが大事なことじゃないというの？」

王子さまは顔を赤くしていいつのった。

「何百万もの星という星を探してもこれ一つきりという花が好きだとしたら、星たちを眺めるだけで幸せになれるんだ。『自分の好きな花がどこかに咲いている』と思う。だけど羊がその花を食べてしまったとしたら、全部の星がなくなってしまうのと同じだ。それでも大したことじゃないというの？」

王子さまはもう何もいえず、いきなりわっと泣き出した。夜になった。私は道具を投げ出した。ハンマーやボルトや喉が渇いて死にそうなことなど、もうどうでもよかった。一つの星、一つの惑星、私の星、つまりこの地球の上で、やさしくしてやらなければならない王子さまが一人だけいた。

私は王子さまをしっかりと抱《だ》いて、静かにゆすりながらいった。

「きみの好きな花なら大丈夫だ……羊には口輪《くちわ》を描いてあげる……きみの花には囲《かこ》いを描いてあげる……」

私は何をいえばいいかわからなかった。なんともぶざまな感じだった。どうしたら王子さまの心に届くことができるのか、どこへ行けばそれが見つかるのか、私にはわからなかった……涙の国というのは謎《なぞ》に満ちたところだ。

8

まもなくその花のことがもっとよくわかるようになった。王子さまの星にあるのは、花びらが一重《ひとえ》で、場所をとらない、誰の邪魔《じゃま》にもならない、素朴《そぼく》な花だった。朝、草の中に咲いて、夕方にはしぼんでしまう。しかし、その花はどこからか飛んできた種《たね》が芽を出したものだった。王子さまは、ほかのどんな芽とも似ていないその花の芽を見守っていた。それは新種のバオバブかもしれない。しかし芽が

伸びるとすぐに生長がとまり、花が咲きそうだった。王子さまは大きな蕾《つぼみ》がふくらんでいくのを注意深く見ていた。何か奇跡《きせき》のようなものが中から現れるのでは、という気がする。でも花は緑の部屋の殻《から》に閉じこもったまま、身支度《みじたく》を続けていた。慎重《しんちょう》に色を選び、考え抜いて服を着て、花びらを一枚一枚整えている。ケシみたいにしわくちゃで出ていきたくはない。自分の美しさが最高に光り輝くのでなければ顔を出したくない。そう、彼女はなかなか見栄《みえ》っ張《ぱ》りだったのだ。そんなわけで不思議な身支度は何日も続いた。ところがある日の朝、ちょうど太陽が昇るころ、花はとうとう顔を見せた。

念入りに支度を整えてから、花はあくびをしながらいった。

「ああ、まだ眠いわ……ごめんなさい、だらしない格好で……」

しかし王子さまは褒《ほ》めずにはいられなかった。

「なんて可愛いんだ」
「そうかしら?」と花は甘い声で答えた。「あたし、お日さまと一緒に生まれてきたの……」

王子さまは、彼女のことをそれほどおしとやかではないと思ったが、でも目がくらむほどあでやかだった。

「朝食の時間らしいわね。何かいただけないかしら?」

王子さまはすっかりどぎまぎしたが、じょうろを探してきて、花に水を飲ませた。

花はやがてその厄介な虚栄心《きょえい》で王子さまを悩ますようになった。たとえばある日のこと、花は自分の持っている四つのトゲのことを暗《あん》に指しながら、

「虎《とら》たちがあの爪《つめ》で襲ってきても大丈夫よ」といった。

「ぼくの星には虎なんかいないよ。それに虎は草なんか食べない」と王子さまは反論した。

「あたし、草なんかじゃない」と花は甘えた声でいった。

「ごめん……」

「あたし、虎なんかちっとも恐くないけど、風が吹くと恐いの。風よけの衝《つい》立《たて》みたいなものはないかしら？」

「風が恐いなんて……植物なのに困ったものだ。なんとも気むずかしい花だ」と王子さまは思った。

「日が暮《く》れたらガラスの覆《おお》いをかけてくれるわね。あなたの星はなんて寒いんでしょう――まったくひどいもんだわ。あたしが前にいた星ではね……」

花はこういいかけて口をつぐんだ。彼女は種としてここに来たのだ。だからほかの世界のことなんか知ってるはずがない。すぐばれそうな嘘《うそ》をいいかけたことが恥ずかしくなって、彼女は王子さまのせいにしようと、二、三度咳《せき》をした。

「衝立のことはどうなったの？」

「探しにいこうとしたらきみが話しかけたから」

すると彼女は、王子さまを申し訳ないという気持ちにさせるために、また咳をした。

王子さまは善意《ぜんい》の愛を注いでいたにもかかわらず、やがて彼女に不信を抱くようになった。彼女の取るに足りない言葉を真《ま》に受けては、みじめな気持ちをつのらせるのだった。

ある日、王子さまは私に心中を打ち明けた。

「花のいうことをまともに聞いてはいけなかったんだ。花は眺めたり香りを

かいだりするものだ。ぼくの花はぼくの星をいい香りで満たしたけど、ぼくにはその楽しみ方がわからなかった。あの虎の爪の一件だって、いらいらしたのは間違いで、感心するのが正しかったんだ……」

それからまた打ち明けていった。

「あのころは何もわかっていなかったんだ。彼女の言葉ではなくて行動で判《はん》断《だん》するべきだった。彼女はぼくの星をいい匂いで満《み》たしてくれた。ぼくの生活に灯をともしてくれた。ぼくは逃げたりしてはいけなかったんだ。つまらない見せかけの裏《うら》にあるやさしさをちゃんと理解するべきだった。花のすることは矛盾《むじゅん》だらけだ。それにしても、ぼくは幼すぎて、花を愛するということがわからなかった」

9

王子さまはふるさとの星から逃げ出すことを、渡《わた》り鳥《どり》の移動から思いついたにちがいない。出発の日の朝、王子さまは自分の星を片づけた。活火山《かっかざん》を念入りに熊手《くまで》で掃《は》いた。王子さまは二つの活火山を持っていた。これは朝食を温めるにはなかなか便利《べんり》だった。休火山も一つ持っていた。しかし王子さまもいっていたように、「それはいつ爆発《ばくはつ》するかわからない」。そこで休火山も熊手で掃いた。火山というものは、よく煤《すす》を掃きだしておけば、おとなしく規則正しく燃《も》えている。もちろん、火山の噴火《ふんか》は煙突の火と変わらない。この地球では人間たちがあまりに小さくて、火山の煤払《すすはら》いをするわけにはいかない。火山が厄介なことになるのはそのためだ。

王子さまは悲しげな顔で、最後に生えたバオバブの芽を抜《ぬ》いた。もう二度

と帰ってこないつもりだった。しかし最後の朝はいつもの仕事がいとおしく思えた。花に水をかけて、覆いガラスの下に入れると、王子さまは泣きそうになった。

「さようなら」と王子さまは花にいった。

しかし花は答えなかった。

「さようなら」王子さまはもう一度いった。

花は咳をした。でも風邪《かぜ》をひいていたわけではなかった。

とうとう花は王子さまにいった。

「あたし、ばかだったわ。ごめんなさいね。どうかお幸せに」

王子さまは花が非難《ひなん》がましくいわないことに驚いた。覆いガラスを宙《ちゅう》に浮かしたまま、すっかり面食《めんく》らってじっと立っていた。花がどうしてこんなにおとなしくてやさしいのかわからなかった。

「それはもう、あたし、あなたが好きよ。あなたがちっともわかってくれなかったのはあたしがいけなかったの。でも、もうそんなことはどうでもいいわ。あなたもやっぱりあたしと同じで、おばかさんだったのよ。お幸せにね

……その覆いガラスを下においていて。もういらないから」

「でも風が……」

「あたしの風邪、大したことないわ……夜風に吹《ふ》かれると気持ちがいい。花なんだもの」

「でも動物が……」

「蝶々《ちょうちょう》と友だちになりたかったら、毛虫の二匹や三匹はがまんしなくちゃね。蝶々って、聞いたところによると、たいそう美しいそうね。ほかに誰が訪ねてきてくれるかしら。あなたは遠くへ行ってしまうんだもの。大きな動物な

らちっとも恐くないわ。あたしだって爪があるんだから」

花はそういって、無邪気に四つのトゲを見せてから、こうつけ加えた。

「そんなふうにぐずぐずしないで。いらいらするわ。行ってしまうと決めたんでしょ？　さっさと行ってしまえば」

王子さまに泣くのを見られたくなかったのだ。なにしろ誇《ほこ》り高い花だったから。

10

王子さまは、たまたま小惑星325、326、327、328、329、330の近くにいた。そこでこれらの星の巡歴《じゅんれき》から始めた。勉強に精《せい》を出そうというのだった。

最初の星には王様が住んでいた。この王様は紫《むらさき》の衣裳《いしょう》にテンの毛皮を着て、簡素ながらも堂々《どうどう》たる玉座《ぎょくざ》についていた。王子さまが目に入ると、「やあ、家来《けらい》が来た」と叫んだ。

「一度もぼくに会ったことがないのに、どうして家来だとわかるんだろう」と王子さまはけげんに思った。王子さまにはわかるはずもなかったが、王様たちにとっては世の中はいたって単純《たんじゅん》にできている。人はみな家来なのだ。

「近う寄るがいい、もっとよく見えるように」と王様はいった。やっとのこ

とで誰かの王様になれたので大いに得意だった。
王子さまはあたりを見まわして座るところを探した。しかし王様の堂々たるテンのマントで星はすっかり覆われていたので、仕方なく立ったままだったが、疲《つか》れてあくびをした。すると王様がいった。

「王の前であくびをするとは無作法《ぶさほう》である。あくびは禁止する」

「がまんできなかったんです」と王子さまは困って答えた。「ぼくは長い旅をしてきたし、それに全然眠っていないもので……」

「そうか。ではあくびをするがいい。命令《めいれい》する。余《よ》はもう何年も人があくびをするのを見たことがない。あくびとは面白いものだな。さあ、もう一度あくびをしなさい。命令だ」

「そういわれると恐《こわ》くて……もうあくびはできなくなりました」と王子さまは真っ赤になっていった。

「ふむふむ、ではこう命令する。ある時はあくびをし、ある時は……」

王様は何やらぶつぶついいながら、いらだっているようだった。

というのも、王様の言い分によれば、自分の威光《いこう》にあまねく敬意《けいい》が払《はら》われてしかるべきだったからだ。絶対的な君主としては、およそ不服従《ふふくじゅう》を大目に見ることなどできなかった。しかし大変人のいい王様だったので、無理な命令を下すことはなかった。

「余が将軍《しょうぐん》にカモメになれと命令したとする。で、将軍が余の命令に従わなかったら、それは将軍が悪いのではない。余が悪いのだ」

「座ってもいいでしょうか」王子さまはおそるおそる尋《たず》ねた。

「では座ることを命令する」と王様は答えて、白い毛皮のひだを悠然《ゆうぜん》と引き寄せた。

しかし王子さまは不思議でならなかった。こんな小さな星で、王様は何を支配しているのだろう……

「陛下《へいか》……お尋ねしたいのですが」と王子さまは思い切って訊いてみた。

「質問することを命ずる」と王様は急いでいった。

「陛下……陛下はいったい何を支配していらっしゃるんですか」

「すべてをだ」王様は単純明快《たんじゅんめいかい》にいった。

「すべてを？」

王様は控《ひか》えめな身振りで自分の惑星とほかの惑星とその他の星を指差した。

「あれを全部？」

「そう、あれを全部だ……」と王様は答えた。王様は絶対的な君主であるばかりでなく、宇宙《うちゅう》の君主でもあったのだ。

「それでは、星はすべて陛下に服従しているんですね？」

「いうまでもない。絶対に服従している。余は反抗など許さない」

すごい権力だと王子さまは驚いた。そして、もし自分にそんな権力があったら、腰掛《こしか》けている椅子《いす》を動かさずに、一日に日没を四十四回どころか、七十二回、百回、二百回でも眺めることができるのに、と思った。そして遠くに見捨ててきた自分の小さな星のことを思い出して気持ちが暗くなっていたこともあって、王子さまは思い切って王様の好意に甘えてみようと思った。

「ぼく、夕日を見たいんですけど……お願いですから、陛下、太陽に沈《しず》めと命令して下さいませんか……」

「余が将軍に向かって蝶のように花から花へと飛べとか、悲劇を書けとか、カモメに変身せよとか命令したとする。将軍がそれを実行しなかったら、将軍と余とどっちが間違っていると思うかね」

「それは陛下でしょう」と王子さまはきっぱりといった。

「そのとおりだ。人にはその人にできることをしてもらわなければならん。権力《けんりょく》とは何よりも道理にもとづくものだ。人民《じんみん》に海に飛びこめと命令したりすれば、革命《かくめい》が起こるだろう。余の命令は理《り》にかなっているのだから、余は服従を命じることができるわけだ」

「では夕日を見せてくれることについては?」と食い下がった。王子さまは一度訊きだすとやめないのだ。

「夕日を見せてやろう。余が命令してやる。ただし、都合がよくなるまで待つことにしよう。それが余の政治の秘訣《ひけつ》なのだ」

「いつまで待てばいいんですか?」と王子さまは訊いた。

「ふむふむ」と王様はいって、大きな暦《こよみ》を調べた。「ふむふむ、それは……今夜の七時四十分ころになるかな……まあ見ていなさい。余の命令どおりにうまくいくから」

王子さまはあくびをした。夕日を見逃したことが残念だった。それにもううんざりしてきた。

「ここでは何もすることがありません。ぼくはまた旅を続けます」と王子さまは王様にいった。

「行くな！」家来が一人できて得意になっていた王様はいった。「行くな！大臣《だいじん》にしてやるから」

「何の大臣ですか？」

「そうだな……法務《ほうむ》大臣だ」

「だって、裁《さば》かなければいけない人なんてここには一人もいないじゃありませんか」

「それはわからんぞ。余はまだ余の王国すべてを回ってみたことがない。余は年をとっているし、馬車《ばしゃ》をおく場所もないし、歩くと疲れるのだ」

「さっきから見てたんだけど」と王子さまは体を傾《かたむ》けて星の向こう側をもう一度見やりながらいった。「あそこにも誰もいませんよ……」

「では自分を裁きなさい。それが一番むずかしいことだ。他人を裁くよりも自分を裁くほうがはるかにむずかしい。もしもお前が自分を立派に裁いたら、それはお前がほんとに賢《かしこ》い人間だということになる」

「自分を裁くことならどこにいてもできますよ。ここで暮《く》らす必要なんかありません」

「うーん……余の星のどこかに年とったネズミがいる。確かなことらしいがな。夜になると音がする。あの年とったネズミなら裁けるぞ。時々、死刑《しけい》を宣告するのもよかろう。あのネズミの生死はお前の判決次第《はんけつしだい》ということになる。だが、毎度赦《ゆる》してやるといい。節約《せつやく》のためにな。ネズミは一匹しかいないんだから」

「誰かを死刑にするなんてまっぴらです。ぼくは旅を続けます」と王子さまはいった。

「いや、ダメだ」と王様がいった。

王子さまはすっかり旅支度ができていたが、年とった王様を苦しめたくはなかった。

「陛下がただちに命令が行なわれるのをお望《のぞ》みなら、理にかなった命令をお出しになるべきです。いかがでしょう、たとえば、ぼくに出発せよと命令なさっては。渡《わた》りに船だと思うのですが……」

王様が返事をしないので、王子さまはためらったが、やがてため息をついてから出発した。それを見た王様はあわてて叫んだ。

「お前を大使にしてやるぞ」

王様は大いに威張《いば》っていた。

「大人って変だ」王子さまは旅を続けながら独《ひと》り言《ごと》をもらした。

11

二番目の星にはうぬぼれ男が住んでいた。

「やあ、おれのファンがやってきたな」

うぬぼれ男は遠くから王子さまを見ると叫んだ。

うぬぼれ男にとってはほかの人間はみな自分の崇拝者《すうはい》なのだ。

「こんにちは。面白い帽

子をかぶってますね」

「歓声《かんせい》にこたえるための帽子だ。でもあいにく誰もこっちのほうへ来ないもんでね」

「そうなんですか？」と王子さまはいったが、うぬぼれ男が何のことをいっているのかわからなかった。

「拍手《はくしゅ》してごらん」とうぬぼれ男は指図《さしず》した。王子さまは拍手した。するとうぬぼれ男は帽子を持ち上げて控えめにお辞儀《じぎ》をした。

これは王様を訪ねるより面白いな、と思って、王子さまは手を叩《たた》き続けた。うぬぼれ男はまた帽子を持ち上げてお辞儀を繰り返した。

五分間も拍手をしているうちに、王子さまはこの単調《たんちょう》な遊びにくたびれてしまった。

「その帽子、どうしたら頭に戻るの？」と訊いた。

うぬぼれ男には聞こえないようだった。褒《ほ》め言葉以外はこの男の耳に入らないのだ。

「お前さんはほんとにおれを崇拝してるのかね？」とうぬぼれ男が尋ねた。

「どういう意味？　崇拝するって」

「崇拝するというのは、おれのことを、この星で一番ハンサムで、ベストドレッサーで、一番金持ちで、おまけに一番賢《かしこ》いと思うことだ」

「でも、この星に住んでいるのはあなた一人でしょ？」

「お願いだから、やっぱりおれのことを褒めてくれよ」

「そうするよ」と王子さまはちょっと肩《かた》をすくめていった。「でも、ぼくに褒められるのがなんでそんなに嬉《うれ》しいの？」

王子さまはそういってから立ち去った。

「大人って、たしかに変だ」

王子さまはそう思いながら旅を続けた。

12

次の星には大酒飲《おおざけの》みが住んでいた。

これはごく短い訪問だったが、王子さまはひどく憂鬱《ゆううつ》な気分に落ちこんだ。

「何をしてるんですか？」と王子さまは訊いたが、大酒飲みは空っぽの罎《びん》と酒の入った罎を前にして黙《だま》りこくっていた。

「酒を飲んでいるんだ」と酒飲みはふさぎこんだ様子で答えた。

「なぜお酒を飲むの？」

「忘れるためだ」

「何を忘れたいの？」王子さまは気の毒に思いながら訊いた。

「恥ずかしいことを忘れるためだ」酒飲みは頭を垂《た》れながらそう打ち明けた。

「何が恥ずかしいの？」王子さまは助け舟を出すつもりで訊いた。

「酒を飲むことが恥ずかしいんだよ」男はそういうと黙りこんだ。王子さまは困ってしまって立ち去った。

「大人って、とっても変だ」

そう思いながら王子さまは旅を続けた。

13

四番目の星はビジネスマンの星だった。その男はたいそう忙しそうで、王子さまがやってきても頭を上げようともしなかった。

「こんにちは。タバコの火が消えてますよ」と王子さまはいった。

「三足《た》す二は五。五足す七は十二。十二足す三は十五。やあ、こんにちは。十五足す七は二十二。二十二足す六は二十八。タバコに火をつけなおす暇《ひま》もない。二十六足す五は三十一。ひゃあ、これで五億《おく》百六十二万二千七百三十一になったぞ」

「五億って、何が？」

「え？　まだそこにいたのか？　五億と百万……思い出せない……なにせ、こんなにたくさん仕事がある。おれはまじめな人間だ。つまらないことにかかわってはいられない。二足す五は七……と」

「五億百万って、何がなの？」

一度訊きだすと何としても諦めない王子さまがまた繰り返した。

ビジネスマンは頭を上げた。

「おれはこの星にもう五十四年も住んでいるが、邪魔《じゃま》をされたことは三度しかない。最初は二十二年前、どこからかコガネムシが飛んできて、おれの机に落っこちたときだ。ぶんぶんとうるさくてたまらないもんで、足し算を四度も間違えたよ。二度目は十一年前、リウマチの発作《ほっさ》でどうしようもなくなったときだ。運動不足だが、散歩《さんぽ》する暇なんかあるわけない。おれはまじめ人間なんだ。三度目は……それが今なんだよ。おれはたしか、五億百万っていったよな」

「五億って何？」

ビジネスマンは邪魔しないでおいてもらうのは無理だと観念《かんねん》したらしい。

「時々、空に見える小さなもののことだ」

「ハエのこと？」

「いや、小さくてきらきら光るものだ」

「ハチのこと？」

「違う。ぐうたらなやつらがこれを見て空想にふける、あの小さいもののことだ。だが、おれはまじめ人間だ。そんな空想にふけっている暇なんかない」

「ああそうか、星のことだね」

「そう、それだ。星のことだ」

「五億の星をどうしようというの？」

「五億百六十二万二千七百三十一だ。おれはちゃんとした人間だから、この数に間違《まちが》いはない」

「そんなたくさんの星をどうするの？」

「どうするかって？」

「ええ」

「何もせんよ。持っているだけだ」

「星を持っているって？」

「そうだ」

「でも、ぼく、この前王様に会ってきたけど、あの人が……」

「王様は何も持っていない。『支配《しはい》する』のが王様だ……えらい違いだぞ」

「星を持っていたらどんないいことがあるの？」

「金持ちになれる」

「金持ちになったらどんないいことがあるの？」

「誰かがもっと星を見つけ

たら、それが買えるじゃないか」

この人、さっきの飲んだくれと同じような理屈《りくつ》をこねていると王子さまは思った。けれども王子さまは質問を続けた。

「どうすれば星が自分のものになるの？」

「星はいったい誰のものかね？」とビジネスマンは不機嫌《ふきげん》にいい返した。

「知らない。誰のものでもないでしょ？」

「じゃあおれのものだ。だって、おれが一番先に星を持っていると考えたんだからな」

「それだけのことなの？」

「そうだ。お前が誰のものでもないダイヤモンドを見つけたら、それはお前のものだ。誰のものでもない島を見つけたら、それもお前のものだ。誰よりも早くある考えが浮かんだら、お前はそれで特許《とっきょ》を取って、それはお前のものになる。ところで、星はおれのものだ。というのも、おれより先に星が自分のものだと考えたやつはいなかったからだ」

「それはそうだね。でもその星をどうしようっていうの？」

「管理する。星がいくつあるか何度も数える。むずかしい仕事だが、おれはまじめ人間だからな」

王子さまはまだ納得《なっとく》がいかなかった。

「ぼく、スカーフを持っていたら、それを首に巻《ま》いて持っていける。花がぼくのものだったら、摘《つ》んで持っていける。だけど、星を摘むわけにはいかないでしょ？」

「そうだな。しかし銀行《ぎんこう》に預《あず》けることはできる」

「どういうこと？」

「こういうことだ。持っている星の数を伝票《でんぴょう》に書く。それから引き出しの中に入れて鍵《かぎ》をかけておく」

「それだけのこと？」

「それで十分だ」

面白いな、と王子さまは思った。詩的《してき》ともいえる。でもあまり大事なことではない。大事なことについては、王子さまは大人とは大分違った考えを持っていた。

「ぼくは花を一本持っていて、毎日水をやっているし、火山も三つ持っているんだけど、一週間に一度は掃除をする。休火山の灰《はい》かきもする。わからないだろうけどね。ぼくが火山や花を持っていると、それが火山や花の役にも立つんだ。だけど、きみは星のために何の役にも立っていない……」

ビジネスマンは口をあけたまま、何も答えることが見つからなかった。そこで王子さまは立ち去った。

「大人って、まったくもって変わっている」王子さまは旅を続けながらそう考えた。

14

五番目の星はとても変わっていた。星の中で一番小さな星だった。そこには、ちょうど街灯《がいとう》一つと点火夫《てんかふ》一人分の場所しかなかった。住んでいる人もいなければ家もない、この天の一角の星で、街灯と点火夫がどういう役目を果たしているのか、王子さまはいくら考えてもわからなかった。それでもこう思った。この人は阿呆なのかもしれない。でも王様やうぬぼれ男やビジネスマンや大酒飲みよりはましだな。少なくともこの男の仕事には何か意味がある。街灯をつけるのは、もう一つ星を輝《かがや》かせるか、もう一つ花を咲かせるようなものだ。点火夫が街灯を消すと、花はしぼみ、星は眠ってしまう。とても楽しい仕事だ。だから本当に役に立つのだ。

王子さまはこの星に着くと、点火夫に丁寧《ていねい》に挨拶《あいさつ》した。

「こんにちは。なぜたった今街灯を消したの?」

「命令だ。おはよう」と点火夫は答えた。

「どんな命令?」

「街灯を消せという命令だ。こんばんは」といって点火夫はまた灯をつけた。

「だけど、なぜまた灯をつけたの?」

「命令だ」と点火夫は答えた。

「わからないなあ」と王子さまはいった。

「わかるはずはない。命令は命令だ。おはよう」

そういって点火夫は街灯を消した。それから赤いチェックのハンカチで額《ひたい》を拭《ふ》いた。

「ひどい仕事だよ。以前はまああの仕事だった。朝になると灯を消す。夕方になると灯をつける。昼間は自分の自由にできたし、夜は眠れた」

「その後命令が変わったの?」

「命令は変わらない。そこがまさに大変なんだ。星は年々速く回るようになったのに、命令は変わらないんだな、これが」

「それで?」

「それでこうなるんだ。今じゃこの星は一分間に一回りする。おかげでおれは一秒も休めなくなったってわけだ。一分間に一度、灯をつけたり消したりしなきゃならない」

「変だよ! ここじゃ一日が一分間だなんて」

「ちっとも変じゃない。おれたちはもう一ヵ月も話をしてるんだぜ」

「一ヵ月?」

「そうだ。三十分。つまり三十日だ。こんばんは」点火夫はまた街灯をつけた。

王子さまは点火夫をじっと見守っていた。するとこんなにも命令に忠実な点火夫がだんだんと好きになった。そして以前、腰掛《こしか》けている椅子をずらすだけで夕日を追って眺めようとしたときのことを思い出した。王子さまはこの友だちを助けてやる気になった。

「あのね……あんたが好きなときに休める方法を教えてあげようか……」

「おれはいつだって休みたいんだ」と点火夫がいった。人は忠実であると同時に怠惰《たいだ》だということもありうるのだ。

王子さまは続けた。

「きみの星はほんとに小さいんだから、三歩で一回りできる。相当ゆっくり歩いていさえすれば、いつだって太陽を浴びていられるんだよ。休みたくなったら歩くこと……そうすればあんたが思うだけ昼間が続くんだ」

「そうなったって、大してよくはない。おれが望んでいるのは眠ることだけだ」

「かわいそうに」と王子さまはいった。

「おれはかわいそうなやつだ、おはよう」

そして点火夫は街灯を消した。

王子さまは旅を続けながら考えた。あの男は王様からもうぬぼれ男からも酒飲みからもビジネスマンからも軽蔑《けいべつ》されているようだ。でもぼくが滑稽《こっけい》だ

と思えないのはあの男だけだ。というのも、あの人は自分のことだけではなくて、ほかの人のことも考えているからだ。王子さまはため息をついてからまた考えた。

「ぼくはあの人だけ友だちにすればよかった。だけど、あの人の星はあまりにも小さすぎる。二人分の場所もないんだから……」

王子さまがその星を去りがたく思ったのは、二十四時間に千四百四十回も日没が見られるという幸運に恵まれていたからだった。

15

六番目の星は五番目の星より十倍も大きかった。そこに住んでいたのはばかでかい書物を書いている老紳士だった。

「おお、探検家《たんけんか》が来たな」と老紳士は王子さまを見るなり叫んだが、王子さまは少し息切れがして机の前に座った。長くて遠い旅をしてきたところだった。

「どこから来た？」と老紳士が尋《たず》ねた。

「この大きな本は何？　ここで何をしてるの？」と王子さまは訊いた。

「わしは地理学者《ちりがくしゃ》だ」と老紳士は答えた。

「地理学者って？」

「海や川や町や山や砂漠がどこにあるかを知っている学者のことだ」

「すごく面白そうだね。本当の仕事をしている人にやっと会えた」

そういって王子さまはこの学者の星を眺めた。これほど堂々とした星は見たことがなかった。

「おじいさんの星はとても美しい。ここには海がありますか？」

「知らんよ」と地理学者がいった。

「ああ」王子さまはがっかりした。「じゃあ山は？」

「知らん」と地理学者がいった。

「じゃあ、町や川や砂漠は？」

「それも知らんよ」

「だって、おじいさんは地理学者でしょ？」

「そうだ。だがわしは探検家じゃない。この星には探検家は一人もいない。

地理学者というものは、町や川や山や海や大洋や砂漠のことを詳《くわ》しく書くために出かけたりはしない。あちこち歩きまわるよりずっと大事な仕事をしているのだ。ひたすら書斎《しょさい》に引きこもっていて、書斎で探検家と会う。そして探検家に質問したり、覚えている話を書き取ったりする。探検家の一人が面白いことを記憶していたときは、地理学者はその探検家の品性《ひんせい》について調べるのだ」

「どうしてなの?」

「もし探検家が嘘《うそ》をついていたら、地理の本がめちゃくちゃになる。探検家がやたらと酒を飲んでいたときも同じだ」

「どうしてなの?」とまた王子さまが訊いた。

「どうしてだと?　飲んだくれにはものが二重に見えるからだ。そしたら、地理学者は山が一つしかないのに二つあると書くことになるだろう」

「ぼく知ってるよ、そういう悪い探検家を」

「そうだろう。だから地理学者というものは、探検家の品性がよいと思われたら、その人の発見したことについて調べるんだ」

「見に行くの？」

「行かないね。そんなことは面倒《めんどう》だ。で、探検家に証拠《しょうこ》を出させる。たとえばだな、大きな山を発見したというのなら、そこから大きな石を持って帰らなくちゃならん」

突然、地理学者は興奮《こうふん》した。

「あんたは遠くから来た、立派な探検家らしい。あんたの星の話をしてくれんかね」

地理学者はノートを開き、鉛筆《えんぴつ》を削《けず》った。探検家の報告《ほうこく》はまず鉛筆で書きとめる。証拠がそろったところではじめてインクで書くのだ。

「さあ」地理学者はわくわくしながらいった。

「ぼくの住んでいるところ？　大して面白いところじゃありませんよ。小さな星なんです。火山が三つあります。活火山が二つ、休火山が一つ。でもご存じないでしょう」

「ご存じないね」と地理学者がいった。

「花を一つ持っています」

「花のことなんか書かんよ」

「どうしてなの？　あんな可愛いものはないのに」

「花ははかないものだからな」

「はかないって？」

「地理学というものはあらゆる本の中の一番優《すぐ》れた本なのだ。流行遅れになることなんか絶対にありえない。山が位置を変えることなんてめったにないし、大海の水が干上《ひあ》がることもめったにない。わしらは永久不変《えいきゅうふへん》のことを書く」

「でも休火山だって生き返ることがあるよ。はかないって、何のこと？」

「火山が休火山であろうが活火山であろうが、わしらには同じことだ。わしらにとって大事なのは山だ。山は変化しない」

「だけど、はかないって何のこと？」

王子さまが繰り返した。相変わらず、一度疑問を抱くと死ぬまで諦《あきら》めないのだった。

「それは『今にも消えてなくなりそうな』という意味だ」

「ぼくの花って、今にも消えてなくなりそうなの？」

「そうだとも」

王子さまは思った。ぼくの花ははかない花なのかしら。身を守るものといえば四つのトゲしか持っていない。それなのにあの花をぼくの星にひとりぼっちにしてきた。

王子さまははじめて花に対して後悔《こうかい》の念を抱いた。しかし気を取りなおして訊いた。

「どこの星を訪ねたらいいか教えていただけますか？」

「地球《ちきゅう》だな。評判《ひょうばん》のいい星だ……」と地理学者は答えた。

王子さまは花のことを思いながら旅を続けた。

16

そんなわけで、七番目の星は地球だった。

地球はほかの星とは違《ちが》っている。そこには百十一人の王様（もちろんアフリカの王様も入れて）、七千人の地理学者、九十万人のビジネスマン、七百五十万人の大酒飲み、三億一千百万人のうぬぼれ男、いいかえると約二十億人の大人が住んでいる。

電気が発明される前までは、六大陸全体で四十六万二千五百十一人の軍隊《ぐんたい》なみの点火夫が必要だった、といえば地球の大きさは見当がつくだろう。

離《はな》れたところから見ると、それはまったくすばらしい眺《なが》めだった。この軍隊の動きはバレエの動きのようにそろっていた。

最初にニュージーランドとオーストラリアの点火夫が現れて、街灯をつけると、家に寝に帰る。すると次には中国とシベリアの点火夫がバレエを踊《おど》ってみせ、舞台《ぶたい》の袖《そで》に消える。今度はロシアとインドの点火夫が登場する。それからアフリカとヨーロッパの点火夫、南アメリカと北アメリカの点火夫。ただの一度も順番が狂ったりしない。それはすばらしい見ものだった。

北極《ほっきょく》のたった一つの街灯をつける男と、その相棒《あいぼう》の南極《なんきょく》に一つしかない街灯をつける男だけが、気楽に怠惰《たいだ》な生活を送っていた。二人は一年に二度働《はたら》くだけでよかったのだ。

17

人は気のきいたことをいおうとして、つい嘘《うそ》をつくことがある。こうした点火夫の話は完璧《かんぺき》に正しいとはいえない。地球のことを知らない人に地球について間違った考え方を与える危険がある。人間が地球で占《し》めている場所はほんのわずかだ。大規模な公的行事でもあるとして、地球に住んでいる二十億の人間が密集して立ったら、長さ二十マイル、幅二十マイルの広場におさまるだろう。太平洋の一番小さな島にでも人間を全部詰《つ》めこむことができるだろう。

もちろん、大人はこんなことを信じない。というのも、人間はもっと多くの場所を占めていると思っているからだ。バオバブ同様、自分たちのことを大したものだと思っている。それなら彼らに自分で見積《みつ》もりをさせてみるべきだ。彼らは数字が大好きだし、喜んで計算するだろう。しかしこんな余計なことに時間を費《つい》やしてはいけない。必要のないことだ。私のいうことに間違いはない。

さて、王子さまは地球に着いたとき、誰もいないのでびっくりした。星を間違えたのではないかと心配していると、月の色をしたとぐろを巻《ま》いたものが砂の上でほどけた。

「こんばんは」と王子さまはいった。

「こんばんは」と蛇《へび》は答えた。

「ぼく、何という星に来たんだろう」と王子さまは尋ねた。

「地球だよ。アフリカだ」と蛇は答えた。

「ああそうか……じゃ地球には人はいないの？」

「ここは砂漠だ。砂漠には人はいない。地球はとても大きいんだ」と蛇はいった。

王子さまは石に腰を下ろして空を見上げながらいった。

「星は、ぼくたちに自分の星がどれか知らせるために光ってるのかな。ぼくの星をごらんよ。ちょうど真上《まうえ》に光っている……だけど、なんて遠いんだろう」

「きれいな星だな。何しに来た？」

「ぼくね、花とうまくいっていなかったんだ」

「へえ！」と蛇がいった。

二人とも黙《だま》ってしまった。

「人間たちはどこにいるの？」王子さまはようやく会話に戻った。「砂漠って、少しさびしいね……」

「人間たちと一緒でもやっぱりさびしいんだ」と蛇がいった。

王子さまは長いこと蛇を見つめていたが、結局こういった。

「きみは変な動物だね。指みたいに細くて……」

「でも、おれは王様の指より力が強いぜ」と蛇がいった。

王子さまはにっこりした。

「きみはそんなに強くないよ……足もないじゃないか。遠くまで旅もできないだろう」

「あんたを遠くへ連れていくことにかけては船にも負けないよ」

蛇はそういって、まるで金のブレスレットのように王子さまの足首に巻きついた。

「誰でもおれが触《さわ》ったものを、そいつのやってきた土地に送り返してやることができるんだ。だけどあんたはまるで無邪気《むじゃき》だし、星からやってきたんだし……」

王子さまは何も答えなかった。

「気の毒に、あんたはこの花崗岩《かこうがん》の土地には弱いみたいだ。そのうちにホームシックがひどくなって自分の星に帰りたくなったら、おれが力になってやるよ。おれならできる……」

「ああ、わかったよ。だけど、どうしてきみはいつも謎《なぞ》みたいなことばかりいうの？」と王子さまがいった。

「謎は全部おれが解《と》く」と蛇がいった。
そして二人は黙りこんだ。

18

王子さまは砂漠を横断《おうだん》したが、たった一つの花に出会っただけだった。花びらが三つの花だった。取るに足りない花だ……

「こんにちは」と王子さまがいった。

「こんにちは」と花がいった。

「人間たちはどこにいるの？」と王子さまは丁寧に尋ねた。

花はある日、隊商《たいしょう》が通《とお》ってい

くのを見たことがあった。

「人間？　六、七人はいると思う。何年も前に見かけたことがあるわ。だけど、どこへ行けば会えるのかわからない。風に吹かれるままどこかへ行ってしまった。人間たちには動きを妨《さまた》げる根というものがないんだから」

「さようなら」と王子さまがいった。

「さようなら」と花がいった。

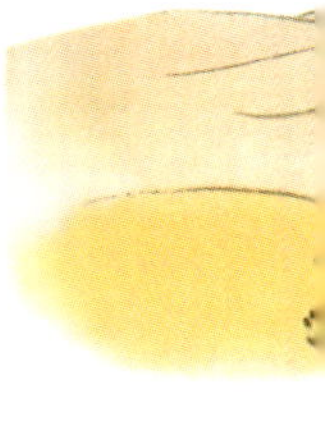

19

王子さまは高い山に登った。これまでに知っている山といえば三つの火山だけで、これは膝《ひざ》ぐらいの高さしかなかった。休火山のほうはいつも足載《の》せ台に使っていたものだ。王子さまはこう思った。こんな高い山からだと、すべての星と、そこにいるすべての人々が一望《いちぼう》できるだろう……だが針のように鋭く尖《とが》った岩のほかには何も見えなかった。

「こんにちは」と王子さまはとりあえずいってみた。

「こんにちは……こんにちは……こんにちは……」とこだまが答えた。

「きみは誰《だれ》？」と王子さまがいった。

「きみは誰？　きみは誰？」とこだまが答えた。

「友だちになってくれない？　ぼくはひとりぼっちなんだ」

「ひとりぼっち……ひとりぼっち……ひとりぼっち……」とこだまが返ってきた。

王子さまは思った。おかしな星だなあ！　乾燥《かんそう》していて、尖っていて、硬《かた》いだけだ。人間たちには想像力《そうぞうりょく》がない。人のいったことを何でも鸚鵡《おうむ》返《がえ》しにするだけだ。ぼくはあの星では花を持っていた。彼女はいつも自分から話しかけてきたのに……

20

王子さまが砂地と岩と雪を越《こ》えて長いこと歩いていると、とうとう一本の道を見つけることになった。道というものはすべて人の住むところに通《つう》じている。

「こんにちは」と王子さまがいった。

そこはバラの咲いている庭《にわ》だった。

「こんにちは」とバラたちがいった。

王子さまはバラをじっと見つめた。

花がみんな自分の持っていた花に見

えた。

「きみたちは誰？」と王子さまは驚《おどろ》いていった。

「バラよ」とバラたちがいった。

「ああ！」と王子さまはいった。

それからひどく不幸《ふこう》な気分になった。王子さまの花は、自分はその種類《しゅるい》では世界中でたった一つきりの花だといっていた。ところがここにはたった一つの庭に同じような花が五千本もある。

王子さまは思った。ぼくの花がこの様子を見たらとても困るだろうな……やたらと咳をするだろう。人に笑われないように死んだふりをするだろう。そしたら、ぼくは彼女を介抱《かいほう》するふりをしなければならない。そうしないと、彼女はぼくに恥《はじ》をかかせるために、ほんとに死んでしまうだろう……

それから王子さまはこう考えた。ぼくはたった一つの花を持っているから物持ちだと思っていた。それなのにぼくの全財産ときたら、普通のバラ一つだけだった。それと膝の高さぐらいしかない三つの火山——一つはどうやら永久に火を噴《ふ》かないかもしれない——こんなものを持っているだけではぼくは大した王子さまじゃない……

王子さまは草の上に身を投げ出して泣いた。

21

狐《きつね》が現れたのはそのときだった。

「こんにちは」と狐がいった。

「こんにちは」と王子さまは丁寧《ていねい》に答えて振《ふ》り返《かえ》ったが、何も見えなかった。

「ここだよ、林檎《りんご》の木の下だよ」という声がした。

「きみは誰？　かっこいいね……」と王子さまがいった。

「おれかい？　狐だよ」と狐がいった。

「ぼくと遊ぼうよ。ぼく、とても悲しいんだ」

「おれはあんたとは遊べない。まだ仲良しになってないからね」

「そうなのか。ごめんね」と王子さまはいった。しかしちょっと思案《しあん》してからいった。

『仲良しになる』ってどういう意味？」

「あんた、このあたりの人間じゃないね。何を探《さが》してるんだ？」

「人間を探してる。『仲良しになる』って何のこと？」

「人間は鉄砲《てっぽう》を持っていて、狩《か》りをするんだ。まったく困ったもんだ。鶏《にわとり》も飼っている。人間はそんなことしか興味《きょうみ》がないんだ。あんた、鶏を探してるのか？」

「違うよ。友だちを探してるんだ。『仲良しになる』ってどういうこと？」

「これはしょっちゅういい加減《かげん》にされることだけど、『関係《かんけい》をつくる』ってことさ」

「関係をつくる？」

「ああ、そうだ」と狐はいった。「おれにいわせると、あんたはほかの十万の男の子とまったく同じような男の子だ。だからおれはあんたを必要《ひつよう》としない。あんたも同じで、おれを必要としない。おれは十万もいる狐と似たようなもんだ。ところがおれがあんたと仲良しになると、おれたちは互いに相手が必要になる。あんたはおれにとってこの世にたった一人の男の子になるし、おれはあんたにとってこの世にたった一匹の狐になる……」

「話がわかってきたよ」と王子さまがいった。「花が一本咲いててね……ぼくはその花と仲良しになったんだ……」

「たぶんな。地球ではよくあることだよ」

「いや、これは地球での話じゃない」

狐はすっかり興味をそそられたようだった。

「ほかの星での話かい？」

「うん」

「その星に猟師《りょうし》はいるのか？」

「いないよ」

「そいつは面白いや。鶏は？」

「いないよ」

「どうもうまくいかないな」といって狐はため息をついた。

しかし狐は話をもとに戻した。

「おれの暮らしは単調《たんちょう》だ。おれは鶏をつかまえる。人間はおれをつかまえる。鶏はみな同じようなものだし、人間もみな同じようなものだ。それでおれは少々退屈《たいくつ》してるんだ。だけど、あんたがおれと仲良しになってくれたら、おれの生活も太陽がいっぱいということになる。ほかの足音とは違う足音がわかるようになる。ほかの足音だと、おれは穴の中に隠《かく》れてしまう。でもあんたの足音がしたら、音楽だと思って穴の中から出てくる。それにほら、向こうに麦畑《むぎばたけ》が見えるだろう。おれはパンなんか食べない。麦なんてまったく役に立たない。麦畑はおれに何も話しかけてこな

い。残念《ざんねん》なことだ。だけど、あんたは金色の髪をしている。おれがあんたと仲良しになったら、麦畑はすばらしいものになる。金色の麦を見ると、おれはあんたを思い出すわけだ。そして麦の上を渡《わた》る風の音も大好きになる……」

狐は黙《だま》って長いこと王子さまの顔をじっと見ていた。

「お願いだから仲良しになってほしい」と狐がいった。

「ぼくもそうしたいけど、あまり時間がないんだ。友だちも見つけなきゃいけないし、知らなきゃいけないこともたくさんある」

「仲良しになった相手でないと知ることはできないね。人間ときたら、今ではもう何を知る暇《ひま》もない。店で出来合《できあ》いの品物を買うだけだ。友だちが買える店なんてありっこない。だから人間はもう友だちなんか持てない。友だちがほしかったら、おれと仲良しになることだ」

「でもどうすればいいの？」と王子さまは尋ねた。

「辛抱強《しんぼうづよ》くすることだよ」と狐が答えた。「最初はおれから少し離れて、そこの草の上に座る。おれはあんたを目の隅《すみ》で見る。あんたは何もしゃべってはいけない。言葉というものが誤解《ごかい》のもとだ。一日ごとにあんたはだんだん近づいてきて座れるようになる」

次の日、王子さまはまたやってきた。

すると狐がいった。

「同じ時刻に戻ってくるほうがいいんだけどね。たとえば、あんたが午後四時にやってくるとすれば、おれは三時にはそろそろ嬉《うれ》しくなる。四時が近づくにつれてますます嬉しくなる。四時にはすっかり昂奮《こうふん》して落ち着かなくなる。幸せにはそれなりの代償《だいしょう》もあるということに気がつくだろう。あんたが、いつでもかまわずにやってきたら、気持ちの準備《じゅんび》をいつすればいいかわからない……きまりというものがいるんだ」

「きまりって、何のこと？」と王子さまがいった。

「それがまた、いい加減《かげん》になっていることが多いんだな」と狐がいった。

「ある一日はほかの一日とは違うし、ある一時間はほかの一時間とは違う。これは事実だ。たとえば、おれを追っかける猟師にだって、きまりというものがある。猟師は木曜日に村の娘たちと踊《おど》る。で、木曜日はおれにとってすばらしい日になる。その日は葡萄《ぶどう》畑まで遠出《とおで》することができる。だけど猟師がいつでも好きなときに村の娘と踊ることになったら、どの日も区別がなくなって、おかげでおれには休日もなくなる」


王子さまはこんなふうにして狐と仲良しになった。だが別れのときが近づいてきた。

「ああ、おれは泣いちゃうだろうな」と狐はいった。

「それはきみがいけないんだよ」と王子さまはいった。「ぼくはきみに何も悪いことをするつもりはなかった。きみはぼくに仲良くしてもらいたかったんだね……」

「そのとおりだよ」

「でも、きみは泣きだすんだろう?」

「そうだよ」

「じゃあ何もいいことなんかないじゃないか」

「いや、ある。麦畑の色があるからね」

それから狐はまたいった。

「もう一度、バラを見てごらん。あんたのバラがこの世界に一つしかないってことがわかるから。それから、さようならをいいにここに戻ってきたら、秘密《ひみつ》の贈り物をあげるよ」


王子さまはもう一度バラを見にいった。

「きみたちはぼくのバラの花とはまるで違うね」と王子さまはいった。「きみたちはまだ何者でもない。誰もきみたちを仲良しにしたわけじゃないし、きみたちも誰かを仲良しにしたわけじゃない。ぼくがはじめてあの狐と出会ったときと同じだ。狐はほかの十万匹の狐と変わらなかった。でも彼を友だちにしたんだから、今ではこの世界に一匹しかいない狐だ」

そういわれてバラたちは恥ずかしい思いをした。

「きみたちは美《うつく》しい。でも空《むな》しい。人はきみたちのために死ぬ気にはなれない。そりゃ、ぼくのバラだって、ただの通りがかりの人が見ればきみたちと同じようなものだと思うかもしれない。だけど、ぼくのバラはそれだけで、きみたち全部を一緒にしたよりもずっと大切なんだ。だって、ぼくが水をやったんだからね。覆《おお》いガラスもかけてやったし、衝立《ついたて》で風も防《ふせ》いでやったんだから。毛虫も（二つ、三つは蝶々になるようにそのままにしたけど）殺してやった花だから。不平にも自慢《じまん》話にも耳を傾《かたむ》けてやったし、黙《だま》っているときでさえも耳を傾けたんだから。彼女はぼくの花なんだ」

それから王子さまは狐のところに戻ってきた。

「さようなら」と王子さまはいった。

「さようなら」と狐がいった。「おれの秘密を教えようか。簡単なことさ。心で見ないと物事はよく見えない。肝心《かんじん》なことは目には見えないということだ」

「肝心なことは目には見えない」と王子さまは忘れないように繰り返した。

「あんたのバラがあんたにとって大切なものになるのは、そのバラのためにあんたがかけた時間のためだ」

「ぼくがバラのためにかけた時間……」と王子さまは忘れないように繰り返した。

「人間というものはこの真理《しんり》を忘れているんだ。だけど、忘れてはいけない。あんたは自分が飼《か》いならしたものに対してどこまでも責任《せきにん》がある。あんたはあんたのバラに責任がある……」

「ぼくはぼくのバラに責任がある……」と王子さまは忘れないように繰り返した。

22

「こんにちは」と王子さまがいった。

「こんにちは」と鉄道の転轍手《てんてつしゅ》がいった。

「ここで何をしてるの？」

「旅客《りょかく》を千人ずつの束《たば》に分けている。で、そいつを運ぶ列車を右か左に送り出すんだ」

明るい灯のついた急行列車が、雷《かみなり》のような音をとどろかせながら転轍小屋をゆるがせた。

「とても急いでるね。何を探しにいくの？」

「機関車《きかんしゃ》の機関手だって知らないだろうな」

するとまた、明るい灯のついた急行列車が、今度は反対の方向へごうごうと走っていった。

「もう戻ってきたんだね」と王子さまが訊いた。

「あれはさっきのと同じ列車じゃない。すれ違ったんだよ」と転轍手がいった。

「自分のいるところが気に入らなかったのかな」

「自分のいるところが気に入るやつなんていない」と転轍手がいった。

すると明るい灯をつけた三番目の急行列車がごうごうと通りすぎた。

「最初の列車の乗客《じょうきゃく》を追っかけてるの？」と王子さまが訊いた。

「何も追っかけちゃいない。乗客はあの中で眠ってるか、でなきゃ、あくびをしている。窓ガラスに鼻を押しつけて見ているのは子供だけだ」

「子供だけは自分の探してるものがわかってるんだ。ぬいぐるみで遊んでいると、それがとても大切になる。もしそれを取りあげられたら、子供たちは大声で泣くんだ……」と王子さまがいった。

「子供は幸せだな」と転轍手がいった。

23

「こんにちは」と王子さまはいった。

「こんにちは」と販売員《はんばいいん》がいった。

それは喉《のど》の渇《かわ》きをとめる薬を売っている販売員だった。一週間に一粒《つぶ》ずつ飲むと、もう水を飲まなくてもよくなるという。

「なぜこんな薬を売るの？」

「時間がうんと節約《せつやく》できるからだ。専門家《せんもんか》の計算によると、一週間に五十三分節約になるんだよ」

「で、その五十三分をどうするの？」

「したいことをするさ」

ぼくがもし五十三分という時間を好きなように使えるなら、どこかの泉《いずみ》ま

でゆっくりと歩いていくのに……と
王子さまは思った。

24

飛行機が砂漠《さばく》に不時着《ふじちゃく》してから八日目、私は蓄《たくわ》えておいた水の最後の一滴を飲みながら、薬売りの話を聞いた。

「ああ、きみの話は実に愉快《ゆかい》だ。だけど飛行機の修理《しゅうり》がまだできてないし、飲み水はもう一滴もない。だから私も、きみがいってたように、どこかの泉までうんとゆっくりと歩いていけたら嬉しいね」

「ぼくの友だちの狐がね――」と王子さまが私にいった。

「きみねえ、もう狐どころじゃないんだ」

「なぜ？」

「このまま行くと二人とも喉が渇いて死ぬんだ」

王子さまは私の理屈《りくつ》がわからなかったようだ。

「死ぬことになったとしても、友だちがいたというのはいいことだよ。ぼくはね、狐と友だちになれてほんとに嬉しい」

この子は危機《きき》というものがわかっていない、と私は思った。ひもじい思いをしたことも喉が渇いたこともないのだ。太陽の光がほんの少々あるだけで満足なのだ。

しかし王子さまは私を見て、私が考えていたことに答えた。

「ぼくも喉が渇いた……井戸《いど》を探そうよ……」

私は怒《いか》りをあらわにした。こんな果《は》てしない砂漠で、あてずっぽうに井戸を探すなんて、お話にならない。それでも私たちは歩きはじめた。

黙《だま》って何時間か歩いたころ、日が暮れて星が輝《かがや》きはじめた。喉が渇いたために少し熱っぽくて、その星を夢の中で見ている気分だった。王子さまのいったことが私の記憶《きおく》の中で踊っていた。

「喉が渇いたのか、きみも?」と私は王子さまに訊いた。王子さまはこういったただけだった。

「水は心にもいいかもしれないな……」

王子さまのいったことは理解できなかったが、私は何もいわなかった……王子さまには何を訊いても無駄《むだ》だとわかっていたからだ。

王子さまは疲《つか》れて腰を下ろした。私も並んで腰を下ろした。王子さまはしばらく黙っていたが、またこういった。

「星が美しいのは、目に見えない花が一つあるからなんだ……」

「それはそうだ」と私は答えた。それから何もいわずに、月光を浴びた砂の稜線《りょうせん》を眺めていた。

「砂漠は美しいね……」と王子さまはいった。

まったくそのとおりだった。私はいつでも砂漠が好きだった。砂丘《さきゅう》の上に腰を下ろす。何も見えない。何も聞こえない。しかし何かが輝き、何かが沈黙《ちんもく》の中で歌っている。

「砂漠が美しいのは、どこかに井戸を隠《かく》しもっているからだよ……」と王子さまがいった。

突然、私は砂が神秘《しんぴ》的に輝くわけを知って驚いた。まだ子供だったころ、私は古い家に住んでいた。その家には宝物《たからもの》が埋められているという言い伝えがあった。もちろん誰もその宝物を発見したものはなかった。探そうという人もいなかったのだろう。でも家中が魔法《まほう》にかかっているようだった。私の家はその奥深いところに秘密を隠しもっていたのだ……

「そうだよ。家でも星でも砂漠でも、その美しいところは目には見えないものさ」と私は王子さまにいった。

「嬉しいな。きみがぼくの狐に賛成してくれて」と王子さまがいった。

王子さまが眠りかけたので、私は両腕《りょううで》に抱《だ》いて歩きだした。心は揺《ゆ》れていた。まるでこわれやすい宝物を運んでいるようだった。地球上にこれほどこわれやすいものはないとさえ感じた。私は、月の光で王子さまの青白い顔、閉じた目、風になびくふさふさした金髪《きんぱつ》を見ていた。そして今こうして見ているのは、外側だけで、一番大切なものは目には見えないのだ……と思った。

王子さまのちょっと開いた唇《くちびる》からほほえみらしいものがこぼれたとき、私はまた考えた。この王子さまの寝顔《ねがお》を見ると心を深く動かされるが、それは王子さまが一つの花に対して誠実《せいじつ》であるからだ——バラのイメージが、眠っている間もランプの灯のように王子さまの心の中で光っているからだ……すると王子さまが、考えていた以上にこわれやすい存在であることを実感《じっかん》した。灯は消えないように守ってやらなければならない。風がさっと吹いてきただけで灯は消えてしまう……

こんなことを考えながら歩いていると、夜明けに井戸を見つけた。

25

王子さまはいった。

「人々は急行列車に飛び乗るけど、今ではもう何が目的なのかわからなくなっている。それで人々は昂奮《こうふん》したり、堂々《どうどう》めぐりをしたりするんだ……ご苦労なことだよね……」

私たちが見つけた井戸は、サハラ砂漠にありそうもない井戸だった。サハラ砂漠の井戸は、砂地に掘《ほ》ったただの穴だ。私たちが見つけた井戸は、村の井戸に似ていた。でもここには村なんかなかった。夢でも見ているのかと思った。

「おかしいな、みんなそろっている。滑車《かっしゃ》も釣瓶《つるべ》も綱《つな》も……」と私は王子さまにいった。

王子さまは笑って、綱をつかむと滑車を動かした。滑車は、長い間風に吹かれることもなかった古い風見のような音を立てた。

「聞いた？　ぼくたちが眠っている井戸を起こしたんだ。井戸が歌っている……」

私は王子さまが疲れるといけないと思って、いった。

「私が汲《く》んであげるよ。きみには重すぎる」

私はゆっくりと釣瓶を井戸のへりまで引っ張りあげた。そして釣瓶を慎《しん》重《ちょう》に下に置いた。私の耳には滑車の歌がずっと聞えているし、揺れている水に日の光がきらめくのが見えた。

「その水が飲みたい。飲ませて……」と王子さまがいった。

私は王子さまが何を求めていたかがわかった。

私は釣瓶を王子さまの唇まで持ち上げた。すると王子さまは目をつぶったまま水を飲んだ。

それはご馳走《ちそう》にも負けないほどおいしかった。その水はただの飲み物ではなかった。それは私たちが星空の下を歩き、滑車が歌い、私の腕《うで》ががんばったことで生まれたものだった。それは贈《おく》り物《もの》のように心にしみる水だった。私がまだ小さな子供だったころ、クリスマスツリーの灯や真夜中《まよなか》のミサの音楽や人々のほほえみのやさしさが、同じようにして、私のもらうクリスマスの贈り物に輝きを加えたものだった。

「きみの住んでるところの人たちは一つの庭で五千本のバラをつくってるけど……自分の求めるものを見つけてない……」と王子さまがいった。

「見つけてない」と私は答えた。

「だけどね、求めているものはたった一つのバラの中にだって、ほんの少しの水の中にだってあるのにね……」

「そのとおりだ」

王子さまはさらにいった。

「だけど、目では何にも見えないよ。心で見ないとね」

私は水を飲んだ。おかげで一息《ひといき》つけた。夜明けの砂地は蜂蜜《はちみつ》色になる。その色を見ると幸せな気分になった。それなのになぜこんなに悲しいのか。

「きみは約束を守らなきゃ」と王子さまはいって、また私と並んで座った。

「約束って？」

「ほら……ぼくの羊にはめる口輪《くちわ》のことだよ……ぼくはあの花には責任《せきにん》がある」

私はポケットから下書きを出した。王子さまはそれを見て、笑いながらいった。

「きみの描いたバオバブったらキャベツみたいだ」

「やれやれ」このバオバブはずいぶん自慢《じまん》できると思ったのに。

「きみの描いた狐だけど……この耳……なんだか角《つの》みたいだ……長すぎるんだよ」

そしてまた王子さまは笑った。

「そいつは酷《こく》だよ。なにしろ、大蛇を外側と内側から描くことしか知らなかったんだから」

「それでいいんだよ。子供にはわかるんだから」

そこで私は口輪を描いた。胸がふさがりそうな気持ちでそれを王子さまに渡した。

「きみがしようとしていることはよくわからない……」

王子さまは私がそういったことには答えずに、こういった。

「ぼくは地球に降《お》りてきたんだけどね……明日がその一周年記念日なんだよ……」

それからしばらく黙《だま》っていたあとで、王子さまは続けてこういった。

「ぼくはこのすぐ近くに降りたんだ……」

そして顔を赤らめた。

すると私はなぜということもなしに、また妙に悲しくなった。それでももう一つ質問を思いついた。

「きみに会った八日前の朝、きみは人の住んでいるところから千マイルも離《はな》れた場所をまったくひとりぼっちで歩いていた。たまたまそうしていたわけじゃなかったんだね。きみは地球に降りてきた場所まで戻ろうとしてたんだね」

王子さまはまた顔を赤くした。私はためらいながら続けた。

「ひょっとするとその……記念日《きねんび》だったからだろう？」

王子さまはまた顔を赤くした。何か聞かれても答えたことがない。しかし人が顔を赤くしたら、それは「そうだ」ということではないか。

「ああ、心配《しんぱい》になった……」と私はいった。

しかし王子さまは私にこういった。

「さあ、もう仕事をしなくては。飛行機のところへ戻って。ぼくはここで待っている。明日の夕方、また来てね」

だが私は元気にはなれなかった。狐のいったことを思い出していた。仲良しになる以上は、涙を覚悟《かくご》しなければならない。

26

井戸のそばには崩《くず》れかけた古い石垣《いしがき》があった。あくる日の夕方、私が修理の仕事から戻ってくると、遠くから王子さまの姿が見えた。石垣の上に腰掛《こしか》けて両足をぶらぶらさせていた。

そしてその声が聞えた。

「覚えてないの？　ほんとはここじゃないよ」

別の声がきっとどこかで答えたのだろう。王子さまはすぐにこういった。

「そうだよ。今日がその日だよ。だけど場所が違うんだ……」

私はそのまま石垣のほうへ歩いていった。誰の姿も見えず、誰の声も聞こえなかったが、王子さまはまた答えた。

「もちろんだ。砂の上のぼくの足跡《あしあと》がどこで始まっているか、わかるよね。

そこでぼくを待ってて。今夜そこへ行くから」

私は石垣から二十メートルのところにいたが、誰《だれ》の姿も見えなかった。

王子さまはしばらく黙っていたが、またいった。

「きみの持っている毒《どく》は強力だよね。ぼくは長いこと苦しまなくてもいいんだよね」

私は立ち止まった。胸が締《し》めつけられるのを感じたが、まだ事が理解できなかった。

「もうあっちへ行って」と王子さまがいった。「ここから下りたいんだ」

そのとき、私は私で石垣の下のあたりを見て、はっと飛び上がった。そこには三十秒で人の命を奪う黄色い蛇《へび》が一匹、王子さまに向かって鎌首《かまくび》をもたげていた。私はピストルを取り出そうとポケットを探りながら駆《か》けだした。しかし、蛇は私の足音を聞くと、噴水《ふんすい》の水がやむときのように、すうっと砂の中へ逃げこんだ。そしてそんなに急ぎもせず、軽い金属音《きんぞくおん》を立てて、石の間をすべっていった。

石垣のところにたどりついて、ちょうどうまく王子さまを両腕で受け止めた。その顔は雪のように白かった。

「ここで何をしてたんだ？　今度は蛇と話をするなんて」

私はいつも王子さまが首に巻いている金色のスカーフをはずした。こめかみを湿《しめ》して水を飲ませた。今となってはもうこれ以上何も訊くことはなかった。王子さまは真剣《しんけん》な顔で私を見つめ、両腕を私の首に回した。その心臓《しんぞう》は鉄砲《てっぽう》で撃《う》たれて死にかけている小鳥の心臓のように打っていた。王子さまは私にいった。

「エンジンの故障《こしょう》の原因がわかってよかったね。これできみはまた飛べるんだ……」

「どうしてわかったの？」

私は予想もしなかったほどうまくいったことを知らせようと思っていたところだった。

王子さまは私の訊いたことには答えずに、

「ぼくも今日、家に帰るんだ」とだけいった。そして悲しそうだった。「もっと遠くてもっと大変なんだ……」

何かとんでもないことが起こっているのを感じた。私は小さな子供でも抱くようにして王子さまをしっかり抱きしめた。だが王子さまの体はどこか深い淵《ふち》へとまっさかさまに落ちていくようで、ただ抱きしめることしかできなかった。

王子さまの顔は真剣だったが、放心状態《ほうしんじょうたい》のように見えた。

「きみが描いてくれた羊も持っているし、箱も口輪も持っているし……」

そして王子さまは悲しげにほほえんだ。

私は長いこと待っていた。王子さまは少しずつ元気になったようだった。

「坊や、怖《こわ》かったんだね」

たしかに怖かったのだ。

しかし王子さまはちょっと笑った。

「今夜はもっと怖いと思うよ……」

どうにも取り返しのつかないことが起こりそうで、またもやぞっとした。王子さまのあの笑い声を二度と聞くことができないのでは、と思うだけでも耐《た》えられなかった。私にとってあの笑い声は砂漠の中のきれいな泉のようなものだった。

「もう一度きみの笑い声が聞きたい」

しかし王子さまはいった。

「今夜で一年になる。ぼくの星は去年ぼくが降りてきた場所の真上に来る……」

「そいつは悪い夢じゃないかな。蛇としていた話とか、待ち合わせ場所とか、星とか、そういうのは全部……」

しかし王子さまは答えないで、こういっただけだった。

「大切なものは目には見えないんだよ……」

「そうだ……」

「花だって同じだよ。もしきみが、どこかの星にある花が好きだったら、夜、星を眺《なが》めるのは楽しいもんだよ。どの星も花が咲いているんだから」

「そうだ……」

「水だって同じだよ。きみがぼくに飲ませてくれた水、滑車と綱で汲《く》み上げたおかげで、音楽みたいだった……覚えてるね……おいしい水だった」

「そうだ……」

「夜になったら星を眺めてね。ぼくの星はとても小さいから、どこにあるか教えてあげるわけにはいかない。だけどそのほうがいい。ぼくの星は……星のうちのどれか一つだということだから。それできみは星全部を眺めるのが好きになる。星がみんな友だちになるよ。それから、ぼく、きみに贈り物を一つあげる……」

王子さまはまた笑った。

「坊や、その笑い声が好きなんだ」

「それがぼくの贈り物だよ。それ……水についても同じだよ」

「どういうことだ？」

「人は星を持っているけど、その星はみな違う。星は旅行者にとっては案内人だし、ほかの人にとってはただの小さな灯りだ。もっと別の人、学者にとっては星は研究課題《かだい》だ。ぼくが会ったビジネスマンときたら、星を金貨《きんか》だと思っていた。でも星たちはみんな黙《だま》っている。でも、きみはほかの誰とも違う星を持つことになる」

「どういうことだ?」

「きみが夜、空を見上げると、あの星の中の一つにぼくが住んでるんだから、その星の中の一つでぼくが笑ってるんだから、きみにとっては全部の星が笑っているようなものだ。きみは笑ったりすることができる星を持つことになるんだよ」

そして王子さまはまた笑った。

「それにきみが元気になったら(誰だって結局は元気になるんだから)ぼくと知り合いになってよかったと思うよ。きみはいつもぼくの友だちなんだ。きみはぼくと一緒に笑いたくなる。ときどき面白半分に部屋の窓を開ける。

そしたらきみの友だちは、きみが空を見上げながら笑っているのを見てびっくりするだろうな。そのときは、『そうだ、あれは星だ。星を見ると笑いたくなる』といってやればいい。そしたら友だちはきみのことを変なやつだと思うだろう。ぼくはきみにとんだいたずらをしたことになるね……」

王子さまはまた笑った。

「ぼくは星ではなくて小さな笑う鈴《すず》をきみにたくさんあげたことになるね……」

王子さまはまた笑った。それからもう一度まじめな顔に戻っていった。

「今夜は……ね……来ないでね」

「きみと別れたくない」

「ぼくは病気《びょうき》で苦しんでるみたいに見えるだろうな。死にかけているみたいに見えるかもしれない。そんなふうに見えるだろうな。そんなのを見にきちゃいけないよ。何も厄介《やっかい》な目にあうことなんかない」

「きみと別れたくない」

だが王子さまは心配そうだった。

「こんなことをいうのは、蛇のことがあるからだよ。きみに咬《か》みついてはいけないからね……蛇って、時によっては意地悪《いじわる》だったりするから、ふざけて咬みつくかもしれない……」

「きみと別れたくない」

しかし何かが王子さまを安心させたようだった。

「そうだ、蛇は二度目に咬みつくときにはもう大して毒がないんだ……」


その夜、王子さまが行ってしまったのに私は気がつかなかった。音も立てずにいなくなったのだ。どうにか追いついたとき、王子さまは心を決めたらしく、足早に歩いていた。

「ああ、きみだったの」とだけいった。王子さまは私の手を取ったが、やはり不安そうだった。「来ないほうがよかったのに。辛《つら》い思いをするよ。ぼくは死んだみたいになる。ほんとはそうじゃないけど……」

私は何もいわなかった。

「わかるよね。遠すぎるんだよ。ぼく、この体をもって帰るわけにはいかないんだ。重たすぎて」

私は何もいわなかった。

「体って、捨てられた古い貝殻《かいがら》みたいなものだ。悲しくなんかないよ。古い抜け殻なんて……」

私は何もいわなかった。

王子さまは少し気落ちしたようだったが、気を取りなおしていった。

「ね、とてもいいことだよ。ぼくも星を眺めるんだ。星はみんな井戸になって、錆《さ》びた滑車がついている。どの星もぼくに水を飲ませてくれる……」

私は何もいわなかった。

「ほんとに楽しいだろうな。きみは五億の鈴を持つだろうし、ぼくは新鮮な水のあふれる五億の泉を持つことになるからね……」

そして王子さまも黙ってしまった。泣いていたからだ……

「ここがその場所だ。一人で行かせて」

王子さまは座りこんだ。怖かったからだ。

それからまたいった。

「ねえ、ぼくの花……ぼくはあの花に責任があるんだ。彼女はとてもか弱くて、とても無邪気《むじゃき》なんだ。世間から身を守るものといったら、四つの小さなトゲしかない」

私も腰を下ろした。もうこれ以上立っていられなかった。

「さあ、もう何もいうことはない……」

王子さまはしばらくためらっていたが、立ち上がって一歩踏《ふ》み出した。私は動けなかった。

王子さまの踵《かかと》のあたりを襲ったのはまさに黄色い閃光《せんこう》だった。一瞬、王子さまは動きをとめた。叫《さけ》び声はあげなかった。静かに倒れた。木が倒れるように。音一つ立てなかった。そこは砂地だったから。

27

さて、今となってはもう六年も前のことだ……この話はまだ誰にもしたことがない。その後、再会した友人たちは、生きていてよかったと大いに喜んでくれた。私は悲しかったが、「疲れた」とだけいった。

今はいくらか元気になった。しかし……すっかり元気になったというわけではない。王子さまが自分の星に帰ったことはわかっている。夜が明けたとき、体はどこにも見つからなかったのだから。そんなに重い体ではなかった……そして夜は星に耳を澄《す》ますのが大好きだ。まるで五億の鈴が鳴り響《ひび》いているようだ……

ところで、大変なことがある。私は王子さまのために口輪の絵を描いたが、それに皮紐《かわひも》をつけることを忘れてしまった。だから羊に口輪をはめることはできなかったはずだ。「王子さまの星ではどんなことになっているのか？羊は花を食べてしまったのではないか……」などと考える。

　時々は、「そんなことはありえない、王子さまは夜になると花に覆いガラスをかけて、羊が寄ってこないように見張《みは》っているんだから」と自分で思うこともある。すると幸せな気分になる。そんなときは、夜空の星はみな可愛らしく笑っている。

　またこうも思う。「誰だって時々うっかりすることがある。そうなったらもうおしまいだ。ある晩、王子さまは覆いガラスをかけ忘れるかもしれない。でなければ羊が夜の間に音も立てずに外へ出る……」などと。……そのときは鈴がみな涙に変わってしまう。


　まったく不思議なことだ。誰も見たこともない羊が、誰も知らないどこかで、バラの花を食べたか食べなかったかということで、この世界のすべてが違ったふうに見える。それは、あの王子さまが好きなあなたにとってもだ。

空を見てごらんなさい。羊が花を食べたのか、食べなかったのかと考えてごらんなさい。そうすれば、世界がどんなに変わるかがわかる。

そして大人は誰も、それがどんなに大切なことか、けっしてわからないだろう。

これは、私にとって世界で一番美しくて一番悲しい風景です。前のページと同じ景色ですが、よく見ていただくためにもう一度描きました。王子さまがこの地球に現《あらわ》れ、そして消えたのは、ここなのです。

もしあなた方がいつかアフリカの砂漠を旅行することがあったら、ここだとわかるように、この景色をよく見ておいて下さい。そしてもしここを通ることがあったら、どうか急がないで下さい。星空《ほしぞら》の下でちょっと待って下さい。そのとき、子供がそばに来て、笑って、金色の髪をしていたら、そして何を訊いても黙《だま》っているようだったら、この子が誰だかわかるでしょう。そんなことになったら、お願いですから、悲しみに沈んでいる私をほっておかないで下さい。すぐに私に手紙を書いて下さい。王子さまが帰《かえ》ってきたと……

訳者あとがき

アントワーヌ・ド・サン＝テグジュペリ（一九〇〇～四四）の〝Le Petit Prince〟（最初の日本語版は一九五三年刊行の内藤濯《あろう》訳『星の王子さま』岩波少年文庫）は世界中で広く読まれてきた本です。そのことでは、『聖書』や『資本論《しほんろん》』に次いで、などといわれるようですが、引き合いに出される二つの本が気になります。広く大量に出回っている本ということなら、『コーラン』も同じ仲間に入るでしょう。この種の世界的大ベストセラーというものは、私の偏見《へんけん》と独断《どくだん》によれば、概《がい》してあまり結構《けっこう》なものではなく、敬して遠ざけておいたほうが無難《ぶなん》であろうと思われます。サン＝テグジュペリの小さな本がこれらの巨大恐竜《きょうりゅう》の化石みたいな本と同列に扱われるのは解《げ》せないことです。こちらは、そのタイトルにもあるように、petit (little) という形容詞が似合う、短い絵入りの小説です。といっても、この小さな小説が、ここに出てくる「小さな王子さま」の絵に描かれているような、小さな子供が読むのにふさわしい童話《どうわ》だというわけではありません。ところがこの小説はどうやら子供向きのお話のように受け取られているらしく、それで世界中の子供に広く愛読されているとしたら、それも解せないことです。これは本屋の児童書のコーナーにおかれて子供たちの圧倒的《あっとうてき》な人気を博《はく》する性質の本ではありません。

世の中には、「童話」と称して大人が子供向きに書いた不思議な作品がありますが、これはその種の童話ではありません。そのことは作者も最初に断《ことわ》っているとおりで、子供のように見える王子さまが主人公だとしても、だから子供向きのお話だということにはならず、これはあくまでも大人が読むための小説（そもそも小説とは大人の読み物です）なのです。私もそのつもりで読んで、そのつもりで訳しています。

そうはいっても、子供は子供向きに書かれたものでなければ読めないというのもおかしな考え方で、これまた私の偏《かたよ》った体験と独断によれば、子供はそんな離乳食《りにゅうしょく》みたいな童話をあてがわれて育つものではありませんし、本を読むことが好きな子供なら、やがて大人の読むものを読みたがるようになります。子供にとって本当に面白い本とは、しばしば大人が子供向きではないと判断し、子供には難解《なんかい》すぎるとか危険だとかいった理由で子供に読ませたがらないような本なのです。その意味では、この本も、大人の読む本を読みはじめた子供にとっては魅力的な本なのかもしれません。もってまわった言い方をしましたが、その点ではたしかに子供向きの本でもあります。ただし、本来は「子供にはわからない」大人向きの小説である以上、誤解《ごかい》や勝手な思いこみに陥《おちい》る危険は依然《いぜん》としてあります。やはり大人になってからもう一度本気で読んでいただきたい本です。

星の王子さまは小さな男の子の姿をしていますが、普通の子供、つまりいずれは大きくなって大人になるような現実の子供ではありません。もちろん現実の大人でもありません。子供のように見えるこの人物は、ある種の大人が自分の内部にひそんでいると信じている「反大人の自分」なのです。芸術家《げいじゅつか》や詩人、作家のような人間の中には、そういう立場をとって世間と対立する人が少なくありませんし、またそんな図式にしたがって芸術家と俗人《ぞくじん》の対立を描《えが》くことがヨーロッパの小説の定石《じょうせき》の一つとなっています。あちらの小説をよく読んでいる人なら、ああ、あの図式かと思いあたるはずです。

作者もこの図式にしたがって、「反大人」の王子さまにいわせれば「変な大人」、「ダメな大人」の典型例《てんけい》——王様、うぬぼれ男、大酒飲み、ビジネスマン、地理学者などを次々に繰り出し、王子さまは彼らを訪ねて嚙《か》み合わない問答を交わしては呆《あき》れ返る、という滑稽《こっけい》な話を並べています。このあたりの笑える単純さは子供向きです。ここのところを何倍か複雑にして大人向きの理詰めの小説、あるいは哲学コントに仕立てると、ヴォルテールの『カンディードまたはオプティミスム』のようなものになるのではないかと思います。サン゠テグジュペリのこの小説も、なかなか理屈っぽい硬質《こうしつ》の文章で書かれています。

王子さまはいくつかの星を訪れていろんな大人に出会うのですが、それによって自分を変えるとか、大人の間で生きていけるような強さを身につけて「成長する」といったことは一切ありません。王子さまはどこまでいっても純粋な「反大人」の子供のままです。そして子供であることが正しく、大人はおかしいという確信を固めていきます。この立場から発せられるメッセージは、例の「大人にはわからない」という、よく耳にする決まり文句に集約されます。

この小説は、こうして「反大人」、あるいは子供の立場から大人と現実の世界を否定するという図式によって書かれているように見えますが、そう簡単にもいえません。そもそもこの王子さまは、パイロットの「私」がサハラ砂漠で不時着《ふじちやく》して、孤立無援《こりつむえん》のまま死に直面した状況で出現します。ということは、「私」が死を覚悟《かくご》したときに自分の中に発見した「反大人の自分」、大人の世界とは対立する本物の自分である「子供」が、王子さまの姿をとって現れたということです。「私」はこの「子供である自分」と会話をし、八日間を一緒に過ごします。ここでは、この王子さまがある小惑星からやってきたという、いかにも小説らしい枠組《わくぐ》みになっています。だから小説としては、やがて王子さまが自分の惑星に帰る日、つまり「私」と王子さまが別れる日がやってくるということになります。王子さまのこの「昇天《しようてん》」は、重さのある身体をもったままでは不可能なので、毒蛇に咬《か》まれて死ぬという形をとって行なわれ、悲しい別れとなります。ここはなかなか泣かせるところです。

しかし考えてみれば、「私」は砂漠で発見した王子さま、あるいは子供である自分と、いつまでも一緒にいるわけにはいきません。幸運にも飛行機の修理に成功し、「私」が死を免《まぬが》れて現実の大人の世界に復帰《ふっき》することになったからには、この王子さまを何らかの形で「処分」するほかないのです。王子さまがもとの星に帰ったというのは、この小説としては自然な結末です。こうして、大人対子供の対立は、現実の世界に移されてトラブルや悲劇《ひげき》を発生させることもなく、砂漠の中に置き去られます。もう一人の自分を「処分」した「私」には透明《とうめい》な悲しみだけが残ります。この結末は小説としては過不足ない見事なものです。

最後に、王子さまの正体について、これを単純に「大人になる前の無邪気な子供」のように考えるのはどうかと思う理由の一つをあげておきます。

出会う大人をことごとくダメだと見る王子さまにとって、話の通じる相手は地球で出会った狐や蛇だけで、とくに狐は、反大人としての立場を明確に説明してくれる哲学教師のような存在です。王子さまが一緒に遊ぼうといったときに、狐は、

「君とは遊べない、自分はまだ飼いならされていないから（Je ne suis pas apprivoisé.）」といいます。狐は apprivoiser（英語では tame）という動詞《どうし》を受身《うけみ》で使い、「自分は apprivoiser されていない」というのです。ここは「仲良しになる」と曖昧《あいまい》に訳しておきましたが、apprivoiser とは、もともと人が動物を「飼いならす」ことです。餌《えさ》をやるなど、必要な世話をして飼う。その結果人間に馴《な》れて従順《じゅうじゅん》になった動物が家畜《かちく》やペットです。飼いならされた相手は人間を恐がらなくなる。人間もその相手、たとえばペットを可愛いと思って愛玩《あいがん》する。狐は王子さまに「飼いならしてほしい」といいますが、これは、「自分を飼いならして愛人のような関係を結んでほしい」ということです。

王子さまが自分の星で面倒をみていたという花も、実は同じような存在なのです。しかし、この花の愛人はなかなかわがままで要求が多いので、王子さまはついに嫌気がさして、彼女を捨て、彼女から逃れてほかの星を巡歴する旅に出た、ということです。王子さまを無邪気な天使のような子供だと思って読んでいると、あれあれ、これは男（もちろん大人）がよくやることではないかと気がついて、にやりとしそうになります。それにしても、相手を「飼いならして」わがものにし、ペットのように、バラの花のように、大事にして愛玩する――これこそ理想の男女関係だというのは、たしかに現実の世界では通用しないことで、こんなことを大まじめに考えるのが、自分の中にいる子供、反大人の自分なのです。本物の子供には、他人を「飼いならす」というようなことは理解もできないでしょう。

そんなわけで、この小説は、子供が書いたものでもなく、子供のためのものでもなく、四十歳を過ぎた男が書いた、大人のための小説です。これを読んで大量の涙が出てくるというのはちょっと変わった読み方で、それよりも、この小説は、大人が自分の中にいる子供の正体を診断《しんだん》するのに役に立ちそうです。この作品が広くかつ長く読まれてきた秘密の一つはそこにあるのではないかと思います。

二〇〇五年六月

倉橋由美子

解説

古屋美登里

有名の上に超がつくこの作品については「あとがき」で明快かつ的確に論じられているので、「解説」などは蛇足《だそく》以外のなにものでもありません。ただ、私は倉橋氏とのつきあいが長く、翻訳《ほんやく》を仕事にしていることもあり、その視点から倉橋氏の翻訳に対する姿勢について少し書いておきたいと思います。

倉橋氏はこれまでに十五冊以上の翻訳書を上梓《じょうし》しています。そのなかで代表的なものといえば、『ぼくを探しに』（講談社）から始まるシェル・シルヴァスタインの一連の絵本でしょう。シルヴァスタインの詩の言葉や文章はとても簡潔《かんけつ》です。とはいっても『屋根裏の明かり』や『天に落ちる』などは、語呂《ごろ》合わせ、もじり、脚韻《きゃくいん》といった言葉遊びが多く、ぴたりと決まった日本語にするのに多少手こずるタイプのものです。それなのに倉橋氏の訳文からは、struggle した形跡《けいせき》も手を焼いた片鱗《へんりん》も窺《うかが》えず、愉快で楽しい雰囲気だけが伝わってきます。

若いころにアメリカに留学したことがあるとはいえ、仏文科出身で、在学中にカミュやサルトル、プルーストなどを原書で読んでいた倉橋氏ですから、どちらかといえばフランス語のほうが得意だったはずです。それで私は、倉橋氏の訳したフランス文学の作品を読みたいと、ずっと思っていました。ところが、ある時「いまは訳したいと思うフランス語の作品がありません」という言葉を耳にし、倉橋訳のフランス文学を読むことは叶《かな》わないかもしれない、と諦《あきら》めていたのです。

ですから、こうしてフランス語からの翻訳が読めたことはひとりの読者として嬉しい限りです。その一方で倉橋氏の最後の翻訳作品が悲劇《ひげき》的な結末の用意されている物語だったことには、一抹《いちまつ》の悲しみを覚えます。

倉橋氏は『星の王子さま』の終わり方にずいぶんとこだわり、この作品を翻訳することを当初は躊躇《ためら》っていました。本書が単行本で出るのに先立って『星の王子さまの本』(宝島社)が出版されましたが、そこに収録されたインタビューで、倉橋氏はこう述べています。

「一番ひっかかったのは最後の部分。実にさりげなく王子さまは消えた。だけど、その花の世話ができるようになって星に帰ったのか、あるいは本当に消えたのか、そこがとても曖昧《あいまい》なんですね。なぜ、王子さまは最後に消えたのか。それによって、物語全体に対する考え方もちがってくると思うんです。納得がいかなくて、考えこんでしまいました」

疑問《ぎもん》に思ったことはそのままにしない、興味を抱いたものは徹底《てってい》して調べる、というのが倉橋氏の基本姿勢でした。小説に取りかかるときも驚くほどたくさんの文献を集め、下準備に時間をかけ、原稿用紙に向かったら一気呵成《いっきかせい》に書き上げる、というのが常《つね》でした。『星の王子さま』を訳すにあたっては、仏語に加えて英語、スペイン語のテキスト、サン゠テグジュペリに関する資料、その他の関連書を取り寄せました。また、箱根の「星の王子さまミュージアム」に行き、展示されているサン゠テグジュペリの自筆原稿まで見てきたのです。私はそれを聞いて、納得しなければ前に進まないという潔癖《けっぺき》なまでのその姿勢こそ、翻訳者が見習わなければならないものだと痛感《つうかん》しました。

では、「なぜ、王子さまは最後に消えたのか」という倉橋氏の疑問はどんな解決をみたのでしょう。それは「あとがき」で次のように述べられています。

「そもそもこの王子さまは、パイロットの『私』がサハラ砂漠で不時着《ふじちやく》して、孤《こ》立無援《りつむえん》のまま死に直面した状況で出現します。ということは、『私』が死を覚悟《かくご》したときに自分の中に発見した『反大人の自分』、大人の世界とは対立する本物の自分である『子供』が、王子さまの姿をとって現れたということです。（略）しかし考えてみれば、『私』は砂漠で発見した王子さま、あるいは子供である自分と、いつまでも一緒にいるわけにはいきません。幸運にも飛行機の修理に成功し、『私』が死を免《まぬが》れて現実の大人の世界に復帰《ふつき》することになったからには、この王子さまを何らかの形で『処分』するほかないのです」

『星の王子さま』に描かれる八日間のことを、倉橋氏は「大人対子供の対立」ととらえ、結末については「大人の世界とは対立する本物の自分」を「処分」して「現実の大人の世界」に戻ったとみなしています。いかにも倉橋氏らしい独特《どくとく》で新鮮《しんせん》な見方です。こうした独自の見方を得て初めて、倉橋氏はこの作品を翻訳しようと思ったのでしょう。

倉橋氏は長い時間をかけて作品に対する揺《ゆ》らぎをなくし、自分を納得《なっとく》させたのです。そして納得してからはたった一ヵ月でこの翻訳を仕上げました。その間、何度か電話をいただき、外国語を日本語に移し換《か》える上での工夫について、言葉に含まれる微妙なニュアンスについて、王子さまとパイロットの会話や「消え方」について話し合いました。そのときのことを思い出すたびに、氏の明晰《めいせき》な頭脳、膨大《ぼうだい》な知識と教養、作家としての一貫した姿勢に胸打たれます。

二〇〇五年六月十日に倉橋氏が急逝《きゅうせい》した折り、葬儀《そうぎ》の前夜に、出版を目前にした本書のゲラを読む僥倖《ぎょうこう》に恵《めぐ》まれました。手直しが加えられていたのは二箇所だけでした。

（二〇〇六年五月　翻訳家）

解説

小川糸

私が初めて『星の王子さま』を読んだのは、高校生の時だった。今から三十年も前になる。放課後《ほうかご》を迎えた誰もいない教室で、夢中《むちゅう》になってページをめくったのを、まるで昨日のことのように思い出す。

とにかく、衝撃的《しょうげきてき》だった。こういう内容の本が世の中に存在し、しかもそれが世界中で読まれているということに、私は新鮮《しんせん》な驚《おどろ》きを覚えずにはいられなかった。

物語の中盤《ちゅうばん》で、王子さまは六つの小惑星を訪問するが、そこには、他人に命令することだけがすべての王様や、褒《ほ》め言葉以外は耳に入らないうぬぼれ男、酒を飲む自分を恥《は》じ、それを忘れるためにまた酒を飲むという大酒飲み、数字の計算ばかりに精《せい》を出すビジネスマンが住んでいる。まるで、自分自身が大人の世界に感じていた違和感《いわかん》がそのまま表現されているようで、私は本の存在に救われた。そして、自分の中にも確かに「王子さま」が住んでいることに気付かされた。

冒頭《ぼうとう》に登場する象を丸呑《まるの》みした大蛇《だいじゃ》の絵は、それを象徴《しょうちょう》する踏《ふ》み絵のようなもの。あの時、私は興奮して物語を読みながら、自分はどんなに歳《とし》を重ねても、象を丸呑みした大蛇の絵を、見た目だけで帽子だと言ってしまうような大人にはなるまい、と誓《ちか》ったのだ。王子さまは私に、物事の真を見抜くことがいかに大切かを教えてくれた。そしてその真は、決して難解《なんかい》な言葉でしか表せないようなことではなく、曇《くも》りのない心で見れば、誰しもが気づき、理解《りかい》できることなのだと。

以来、幾度《いくど》となく『星の王子さま』を手にとっては、王子さまの言葉に耳を傾《かたむ》けた。私が王子さまに会いたくなるのは、たいてい心にすきま風が吹く時だったが、面白いことに、王子さまはその都度《つど》、私に新たな気づきをもたらした。

十代の頃は、王子さまと狐《きつね》との距離《きょり》の近づけ方に友情のあり方を考えさせられ、二十代や三十代の頃は星に残してきたバラの花と王子さまとのやりとりに、愛することの本質を教わった。バラの花は見栄《みえ》っ張《ぱ》りで王子さまに無理難題《むりなんだい》を押しつけ、王子さまはそんなバラの花の一挙手一投足《いっきょしゅいっとうそく》に振り回されるが、そこには一人の相手を真剣に愛することの苦悩《くのう》が表されている。愛とは決して綺麗事《きれいごと》ではないのだと、大人になれば誰もが実感《じっかん》するだろうことを、王子さまもまた、バラの花との交流を通じて学んでいく。

今回、私は久しぶりに王子さまと再会したのだが、四十代となった私に新たな気づきをもたらしたのは、死に関しての記述だった。おそらく、十代や二十代で読んだ時は、王子さまの最後をほとんど意識していなかったような気がする。けれど今回改めて読み、王子さまと死が明確《めいかく》に結びついた。

王子さまは、言う。

「わかるよね。遠すぎるんだよ。ぼく、この体をもって帰るわけにはいかないんだ。重たすぎて」

「体って、捨てられた古い貝殻《かいがら》みたいなものだ。悲しくなんかないよ。古い抜け殻なんて……」

バラの花に再会するため、王子さまは自らの死を選ぶのだ。そして、砂漠《さばく》の中で井戸を探す前、狐《きつね》のことを思い出して、「私」にこんなことも語っている。

「死ぬことになったとしても、友だちがいたというのはいいことだよ。ぼくはね、狐と友だちになれてほんとに嬉しい」

ここまで私が強烈《きょうれつ》に死の匂いを感じたのは、やはり訳者である倉橋由美子さんによるところが大きいのだろう。

友情にせよ愛にせよ死にせよ、『星の王子さま』に書かれているのは、生きることのままならなさだ。だからやはりこの本は、最初にサン＝テグジュペリが書いている通り、大人に向けて書かれた物語なのである。

人は決して、自分の思うようには生きられない。時に翻弄《ほんろう》され、流されながらも己《おのれ》を信じて生きていくしかない。王子さまも、自ら死を選ぶが、それは肉体における死であって、魂《たましい》の死滅ではない。

「夜になったら星を眺《なが》めてね。ぼくの星はとても小さいから、どこにあるか教えてあげるわけにはいかない。だけどそのほうがいい。ぼくの星は……星のうちのどれか一つだということだから。それできみは星全部を眺めるのが好きになる。星がみんな友だちになるよ。それから、ぼく、きみに贈《おく》り物《もの》を一つあげる……」

「きみが夜、空を見上げると、あの星の中の一つにぼくが住んでるんだから、その星の中の一つでぼくが笑ってるんだから、きみにとっては全部の星が笑っているようなものだ。きみは笑ったりすることができる星を持つことになるんだよ」


これらは私がもっとも好きな王子さまの言葉だ。

生きていれば、愛する者との別れは避《さ》けられない。けれど、王子さまの言葉が、その悲しみを、どれだけ癒《いや》してくれることか。

もしも無《む》人島《じんとう》に一冊だけ本を持っていくとしたら、私は迷わず『星の王子さま』をリュックに入れようと決めている。王子さまが自分の小さな星から何度も夕日が沈《しず》むのを眺めたように、私も何回だって、繰《く》り返《かえ》し繰り返し、本のページをめくることができる。そしてその都度、新しい発見をするだろう。『星の王子さま』は、おいしい水のように、心を潤《うるお》してくれる存在だから。水なら、どんなに飲んでも飽《あ》きることがない。

この本の訳を手がけた倉橋由美子さんは、本の完成を待たずに急逝《きゅうせい》されたという。物語の作者であるサン＝テグジュペリもまた、もうこの世にはいない。でも、体は存在しないが、確かに、いる。星の王子さまも、実際はいないのかもしれないけれど、確かに、いる。

大切なものは目に見えない、というのは、きっとそういうことなのだろう。

（二〇一九年三月　作家）

本書は2006年6月に刊行された宝島社文庫『新訳　星の王子さま』（単行本は2005年7月刊行）を底本とし、解説（小川糸）を追加してルビを増やしレイアウトを変更、文庫化したものです。

挿画　サン=テグジュペリ
装丁　大久保明子
ＤＴＰ制作　エヴリ・シンク

本書のタイトル『星の王子さま』は、1953年に岩波少年文庫で
刊行された際、訳者の内藤濯氏により創案されたものです。
ここに敬意を表します。

この本で利用されている図版は、すべて
サン=テグジュペリ権利継承者から
原版を提供され、複製されたものです。

Le Petit Prince
Antoine de Saint-Exupéry
1943

文春文庫

星《ほし》の王《おう》子《じ》さま

定価はカバーに表示してあります

2019年5月10日　第1刷
2020年5月20日　第5刷

著　者　サン＝テグジュペリ
訳　者　倉橋《くらはし》由《ゆ》美《み》子《こ》

発行者　花田朋子
発行所　株式会社　文藝春秋

東京都千代田区紀尾井町3-23　〒102-8008
TEL 03・3265・1211㈹
文藝春秋ホームページ　http://www.bunshun.co.jp

落丁、乱丁本は、お手数ですが小社製作部宛お送り下さい。送料小社負担でお取替致します。

印刷製本・凸版印刷
Printed in Japan
ISBN978-4-16-791288-8

（　）内は解説者。品切の節はご容赦下さい。

池上　彰
この社会で戦う君に「知の世界地図」をあげよう
池上彰教授の東工大講義　世界篇
東工大教授でもある池上さんが、「悪い会社、優れた経営者の見分け方」から「お金と幸福の関係」まで、理系学生こそ知るべき「世間」のしくみを徹底講義。社会人も必読！
い-81-3

池上　彰
この日本で生きる君が知っておくべき「戦後史の学び方」
池上彰教授の東工大講義　日本篇
格差、反日、デフレ、原発と復興、沖縄と安全保障――自信喪失した日本はいかに敗戦から蘇ったか。「ほんとうの戦後史」を学びたい人への一冊。大好評、東工大講義シリーズ第二弾。
い-81-4

池上　彰
学校では教えない「社会人のための現代史」
池上彰教授の東工大講義　国際篇
EUの挫折、イスラム国の登場、エネルギー戦争、反日問題――すべて東西冷戦後の15年に原点があります。ビジネスにも投資にも現代史は必須です！　わかりやすい講義の実況中継。
い-81-5

内田　樹
最終講義
生き延びるための七講
神戸女学院大学退官の際の「最終講義」を含む、著者初の講演集。自分の知的ポテンシャルを最大化する唯一の方法とはなにか、など世界の眺望が一変する言葉の贈り物。（赤坂真理）
う-19-19

川上未映子
きみは赤ちゃん
35歳で初めての出産。それは試練の連続だった！　芥川賞作家の鋭い観察眼で「妊娠・出産・育児」という大事業の現実を率直に描き、多くの涙と共感を呼んだベストセラー異色エッセイ。
か-51-4

かこさとし
未来のだるまちゃんへ
『だるまちゃんとてんぐちゃん』などの絵本を世に送り出してきた著者。戦後のセツルメント活動で子供達と出会った事が、絵本創作の原点だった。全ての親子への応援歌！（中川李枝子）
か-72-1

相良敦子
お母さんの「敏感期」
モンテッソーリ教育は子を育てる、親を育てる
イタリア初の女性医師、マリア・モンテッソーリが生み出した「モンテッソーリ教育」。日本でも根強い支持者をもつこの教育法を、第一人者が豊富なイラストで伝授するバイブル的書。
さ-46-1

相良敦子
お母さんの「発見」
モンテッソーリ教育で学ぶ子どもの見方・たすけ方

日常生活の行動を子どもがひとりでできるようにするには、どう手助けすればいいのでしょう？　オバマ大統領なども受けた普遍的な教育法の好著に、文庫オリジナルの第四部を加筆。

さ-46-2

四十万《しじま》靖・渡邊朗子
頭のよい子が育つ家

有名中学合格者の自宅を徹底調査したら、子供部屋で勉強している子はほとんどいなかった！　新しい家と家族のあり方を提唱し話題になった書に「その後の『頭のよい子』たち」を加筆。

し-49-1

瀧波ユカリ
はるまき日記
偏愛的育児エッセイ

漫画『臨死!!江古田ちゃん』の著者、瀧波ユカリの初エッセイ。シニカルな愛と大いなる妄想、大人のホンネが満載の育児エンタメ・ノンフィクション！　（伊藤比呂美）

た-94-1

中川李枝子　絵・山脇百合子
本・子ども・絵本

「本は子どもに人生への希望と自信を与える」と信じる著者が絵本や児童書を紹介し、子どもへの向き合い方等アドヴァイスを綴る。『ぐりとぐら』の作者が贈る名エッセイ。　（小川洋子）

な-80-1

松岡享子
えほんのせかい　こどものせかい

「子どもが読書の楽しさを発見する為に、大人は何を手助けできるか」を解説した絵本ガイド。子どもが最も喜んだ34冊を紹介し、読み聞かせのコツや優れた絵本の見分け方を伝授。

ま-40-1

安武信吾・千恵・はな
はなちゃんのみそ汁

毎朝、早起きしてみそ汁をつくること——それが癌で逝った三十三歳の母と五歳の娘・はなちゃんとの「約束」だった。静かな感動に満ちた家族の物語、待望の文庫化。　（竹下和男）

や-59-1

山口かこ　文・にしかわたく　絵
娘が発達障害と診断されて…
母親やめてもいいですか

不妊治療や流産を乗り越えて授かった娘は発達障害だった。療育に奔走するが、わが子と心が通い合わない事に思い悩み、将来を悲観するようになっていく。子育て体験コミックエッセイ。

や-63-1

文春文庫　最新刊